编委会

学术顾问：林 非　孙绍振
总 主 编：王兆胜　陈剑晖
编　　委（按姓氏笔画排序）：
　　　　　丁晓原　王 晖　王兆胜　刘 浏
　　　　　刘 勇　刘秀芝　刘晓明　李遇春
　　　　　杨 琼　宋剑华　陈剑晖　周海波
　　　　　赵宪章　钟凌翊　郭守运　郭冰茹
　　　　　唐永亮　黄红丽　黄雪敏

"百部好书"扶持项目　　"十三五"国家重点图书出版规划项目

丛书总主编
王　兆　胜
陈　剑　晖

文体与空间诗学研究

黄雪敏　著

文体与跨文体研究丛书

广东高等教育出版社
Guangdong Higher Education Press
·广州·

图书在版编目（CIP）数据

文体与空间诗学研究/黄雪敏著. —广州：广东高等教育出版社，2019.3

（文体与跨文体研究丛书/王兆胜，陈剑晖主编）

ISBN 978-7-5361-6166-5

Ⅰ. ①文… Ⅱ. ①黄… Ⅲ. ①诗学-研究-中国-当代 Ⅳ. ①I207.2

中国版本图书馆CIP数据核字（2018）第107832号

书　　名	文体与空间诗学研究 WENTI YU KONGJIAN SHIXUE YANJIU
出版发行	广东高等教育出版社 地址：广州市天河区林和西横路　电话：(020) 87554153 http://www.gdgjs.com.cn
印　　刷	佛山市浩文彩色印刷有限公司
开　　本	787毫米×1 092毫米　16开
印　　张	12.25
字　　数	163千
版　　次	2019年3月第1版　2019年3月第1次印刷
定　　价	48.00元

如发现印装质量问题，请直接与印刷厂联系调换。

总 序 ◇◆

中国是一个"文体论大国"。在古代,文体和文体论蔚为大观。但自"五四"新文学以降,在西方文艺理论的强势冲击下,现当代文学研究者和作家的文体意识越来越淡薄,而关于文体研究方面的丛书更为少见。20 世纪 90 年代中期,童庆炳先生曾主编一套"文体学丛书",在云南人民出版社出版,受到季羡林、王蒙等著名学者和作家的高度评价,在学界产生了良好影响,但不知什么原因,这套丛书只出版了 5 本就终止了,以后国内一直未见到相关丛书出版。直到 2011 年,北京大学出版社又重新关注文体问题,并推出"中国古代文体学研究丛书",这是文体研究成果作为丛书形式的又一次集中展示,也是文体研究的深化。但这套丛书只限于中国古代文体研究,没有涉及现当代文体和跨文体写作。因此,我们认为出版一套贯通我国古代、现代、当代和跨文体写作,既具开放意识与现代视野,又有时代感与当代性的文体研究丛书,有助于促进我国的文体研究和增强当代作家的文体意识,提升中国当代作家和文学研究者的文化自信。

本丛书纵论古今文体传统,钩沉千年文脉,攫取前贤英华,哺养现代精神。丛书不仅有新的创意和设计，有较大的学术价值，而且，丛书还呼应了弘扬传统文化，恢复文化自信这一主题。具体来说，本丛书有几方面的价值：

1. 立足于传统与现代，历史与现实，东方与西方，通过对中国传统文体资源的挖掘，将其同当代文化建设，同民族的复兴、文化的自信，以及整个中华民族国民素质、精神文明的提高联系起来。比如，《中国现代小说文体的发生》一书认为，中国小说文体有着本土化的天然特点，但这个特点过去我们重视不够，研究也不系统不深入。因此，本册以回归还原中国小说文体和文体观念的本体论为出发点，对中国古代小说如志怪三体、《世说新语》与"世说"体、唐人传奇之"奇"体、宋元话本到《聊斋志异》的"讲唱"体、明清章回小说的"文白"叙事体，进行了"谱系学"的爬梳考释。在文体类型研究的基础上，再对中国现代小说文体整体形态，文体类型的起源、发展演变进行全面、系统的探讨。该册虽以考释中国小说文体的本土化语境为旨归，尽可能还原中国小说的独特谱系，但又注重与西方文体谱系进行比较，力图使中国小说的文体既拥有自主性和独立性，又具系统化和学理化。此外，把小说文体研究作为本土文体学研究的重要内容，还肩负着传统文化回归、恢复文化自信的使命。

2. 文体是文学最为直观的表现，也是作家心智的外化形式。因此，文学观念的变迁往往表现为文体的变迁，文学革命离不开文体的变革。但在过去，我们过于强调文学作品的"工具性"，过于注重作品的内容和社会功能，忽视了文体和文体探索的重要性，对我国古代丰富的文体资源也挖掘总结得很不够，这在很大程度上阻碍了中国当代文学的发展。本丛书将起到某种纠偏的作用，弥补以往在文体问题上认识和研究的不足。

3. 跨文体或多文体写作，是当前文学创作的一个趋势，但过去的文体研究在这一点上认识不足。以往的文体研究要么止步于古代，要么仅仅局限于某一类文体。本丛书中的《新媒体时代的文体美学》《本真与转换：当代影视文体论》《跨文体：从虚构到非虚构》《中国语境中的科幻文学类型演变》等分册，既贯通我国古代、现代、当代的文体，又关注到跨文体问题，这就拓展了文体研究的空间。

一套有学术价值和现实意义的丛书，应有自己的特色。本丛书的特色主要体现在：

1. 开拓性与前沿性。文体学研究不是新问题，丛书也不是对以往研究的重复，而是以新的视角，构建了新框架，注进了新的理念和创见。这样，丛书便不仅立足于传统文化，而且有着鲜明的开拓性与前沿性。

2. 强调中国文体传统的现代转换。研究文体和挖掘我国传统文体资源，应有现代性的视野，体现出时代性并服务于当前。如《中国文体传统的现代转换》，一方面主动向西方文学借鉴有效的异域文体经验，另一方面又或显或隐地传承中国古代文学的本土文体资源，在古今中西立体维度中进行传统文体的现代转换。这个专题正是在对中国文体传统的现代转换的宏观思考基础上，以中国现当代小说和现当代旧体诗词对传统文体进行现代转换为观察点，由此展开对中国现当代的新文学和旧体文学创作的整体考察。丛书中的其他专题，对现当代各种文体观念和文体形式发展演变的考察爬梳，以及对跨文体文学现象的研究，都体现了这一学术理念。

3. 宏观梳理与文本细读并重。丛书中的各册既注重对各种文体发展演变的宏观考察，更强调对文本的细致解读，并在个案解读中发现文体的新价值。如《现代散文文体观念与文体演变》这一本，既有对古代文体的演变与特征考察，以及文体研究的观念与方法问题、文体研究的现代转型等问题的思考，又有对叙述学与散文叙述、散文意象、语言等的具体细致的分析。同时还兼顾到创新性、学理性和可读性的统一，尽量做到雅俗共赏。《中国现当代作家的跨文体写作》也是如此。著者既有宏观论证也有个案剖析，个案剖析力求破解名家名作的文体转换肌理，宏观论述力求落实到文体转换的历史经验和内部机制。

没有传统的文化必然失根；而没有文化自信的民族必然陷入茫然，不能正确找到自己前行的方向。本丛书试图寻求文化自信的传统依据，通过对最具中华民族特色的"文体"的梳理阐释，夯实当代思想文化建设的坚实地基，推动中国当代文学的发展。感谢评审专家和有关部门的充分肯定，将这套丛书列为"'十三五'国家重点图书出版物规划项目"和"百部好书"扶持项目。希望丛书的出版，对于深化现当代文学研究、提升文化自信有积极意义。

王兆胜　陈剑晖

2018 年 9 月 5 日

序 言 |◇◆

文体学是以文本体裁为研究核心的综合性文学理论模型，在当下"文化热"与"空间转向"的思潮下，已经成为考察"现代汉诗"① 的艺术空间的主要理论范式之一。

以文体学为基础，将"文学空间"理论及其"空间视域"诱导而成的"空间诗学"作为解读中国现当代汉语诗歌的理论维度和角度，一方面意味着承认现代汉诗对于古典诗歌的全方位突破②，这种突破包含了文字的、题材的、价值的、情感的、形式的、风格的等方面的创新；另一方面也将从文体自身或比较文学的角度，探析本土与海外、乡土与都市、精英与民间、心理与现实、传播与接受、个体与公共等诗歌空间的内在关联，进行一种全新的诗歌理论探索。

因此，本书基于后现代文学活动的空间化，力图从"文学空间"的维

---

① 王光明. 现代汉诗的百年演变 [M]. 石家庄：河北人民出版社，2003.
② 本文之所以经常使用"现代汉诗"这一概念，而非常见的"现当代新诗"或"现当代诗歌"，就是因为"现代汉诗"的空间涵盖范围较大，包含着对港澳台新诗的空间解读。

度，即从与时间的历史性向度相对的共时性视角出发，对一直以来以时间、流派为尺度建立起来的那种文学观念进行"空间还原"。具体地说，就是把研究的重心从以往的历时性研究转移到现在的共时性研究上来，以空间坐标而非时间坐标构建批评模式，从文体的历史性演述转移到文体的横断面阐释，关注中国新诗这一新的文体形态的结构、功能、题材、场域、传播等，以一种横向比较的方式对后现代语境中现代汉诗的文体问题进行深入思考。

黄雪敏
2018 年 5 月

目录
CONTENTS

导论　"空间批评"理论及"空间诗学"研究状况　…1

第一章　空间诗学理论的思想资源　…10
　第一节　中国古代文体理论中的"空间"意识　…11
　第二节　比较文学视野中的欧美"空间批评"理论　…24
　第三节　20世纪中国"空间批评"诗学理论的初步构建　…32

第二章　文体空间的诗学要素　…40
　第一节　古代诗歌文体的书写空间　…40
　第二节　空间要素与现代汉诗的文本契合性
　　　　　——以阮章竞诗歌为中心　…57
　第三节　新诗文体的典型意象　…80
　第四节　自我：空间的内在诉求　…90

第三章　文体空间的逻辑层次　…104
　第一节　空间诗学的理论属性　…104
　第二节　"空间理论"的文艺显现　…108

第三节　散文诗：诗学的变体与空间难题　…117

第四章　诗学文体的地域裂变　…126

　　第一节　乡土诗歌与都市诗歌的对话和疏离　…127

　　第二节　"西部文学"的空间拓展　…130

　　第三节　"诗分南北"的现代构成

　　　　　　——当代诗歌的"广东版图"　…138

　　第四节　当代诗歌传播空间的开拓

　　　　　　——以广东"诗歌选本"为例　…142

第五章　文体空间的诗性场域　…154

　　第一节　现代汉诗"个体空间"的"在场"　…154

　　第二节　现代汉诗"公共空间"的责任和使命　…159

余论　空间的可知与未知　…168

参考文献　…172

后记　…181

导 论 ◆

"空间批评"理论及"空间诗学"研究状况

空间是有形与无形事物存在的根本载体,"文学空间"同样包含着文学生产、文学传播和文学消费的全过程。自 20 世纪 70 年代以来,空间问题已经逐渐成为当代欧美社会理论的一大热点,学术界也发生了所谓的"空间转向"。在此话语背景下"空间理论"成为社会研究的主要认知范式。在这种"空间转向"的学术氛围之下,从空间的维度出发对文学活动与文学类型进行重新诠释,无疑是我们当前进行文学研究的一个新的途径。

"空间批评"研究聚焦于 20 世纪以来的"现代汉诗"的多种空间构成,主要以当代诗歌为重点考察对象。"现代汉诗"是著名文艺理论家王光明教授提出的一个诗学概念,其主体包括了近现代以来新体式的汉语诗歌,从地域空间上而言则包含了中国内地、香港、澳门、台湾和海外华人华语诗歌。现代汉诗的概念,本身就是新诗在更广阔空间意义上的表述。文学是具体时空中的现象,任何文学作品都必然涉及某一段具体的时间和某一个或几个具体的空间。超时空的叙事现象和叙事作品都是不可能存在的。在诗歌中，时间和空间更是相互依存、不可分割的，正如法国学者让·伊夫·塔迪埃所说："文学既是空间结构也是时间结构。说它是空间结构是因为在它展开的书页中出现了在我们的目光下静止不动的形式的组织和体系；说它是时间结构是因为不存在瞬间阅读，因为一生的经历总是在时间中展开的。"① 事实上，文学研究也是既存在一个时间维度，也存在一个空间维度的。然而，尽管时间和空间都是构成文学作品的基本要素，但在传统的文学研究中，无论是叙事学还是传统的"诗文评"，人们都只对时间倾注了过多的热情，而有意无意地忽视了空间。但是，对时间的重视不应导致对空间的忽视，文学研究是到了重视空间维度研究的时候了。

"文学空间"理论及其"空间视域"作为解读中国现代汉语诗歌的理论基础和角度，一方面意味着承认现代汉诗对于古典诗歌的全方位突破，这种突破包含了文字的、题材的、价值的、情感的、形式的、风格的等方面的创新；另一方面也将从文体自身或比较文学的角度，探析本土与海外、乡土与都市、精英与民间、心理与现实、传播与接受、个体与公共等诗歌空间的内在关联，进行一种全新的诗歌理论探索。

20 世纪以来现代汉诗的研究，学者们习惯于采用时间线性研究或派别、思潮的历时性研究途径，这两种研究途径虽然描述文学现象简便易懂，但也容易遮蔽汉诗的整体风貌。进入 20 世纪后期，西方文艺研究在经历"语言论""认识论""人类学"等转向后，呈现出"空间转向"的新面貌，学者们纷纷将以前给予时间、历史、社会的青睐转向空间上来。空间研究在当代知识和政治发展中日益呈显学之势。在多元交织、互相渗透的后现代动态语境中以空间理论深入文学学术研究无疑是一个重要的新维度。

目前，从"文学空间"的视野出发去研究文学的做法，已经取得了不少成果。就目前能见到的资料来说，国外最早可以追溯到俄国的文艺理论

---

① 塔迪埃. 20 世纪的文学批评 [M]. 史忠义, 译. 天津：百花文艺出版社, 1998.

家巴赫金。他成稿于1937年的著作《小说的时间形式和时空体形式——历史诗学概述》，首次把哲学层面的"时空体"用于文学意义上的转义。巴赫金认为："文学中已经艺术地把握了的时间关系和空间关系相互间的重要联系，我们将称之为时空体（хронотоп——直译为'时空'）。这个术语见之于数学科学中，源自相对论，以相对论（爱因斯坦）为依据。它在相对论中具有的特殊含义，对我们来说并无关紧要；我们把它借用到文学理论中来，几乎是作为一种比喻（说几乎而并非完全）。对我们来说，重要的是这个术语表示着空间和时间的不可分割（时间是空间的第四维）。我们所理解的时空体，是形式兼内容的一个文学范畴（这里我们不涉及其他文化领域中的时空体）。在文学中的艺术时空体里，空间和时间标志融合在一个被认识了的具体的整体中。时间在这里浓缩、凝聚，变成艺术上可见的东西；空间则趋向紧张，被卷入时间、情节、历史的运动之中。时间的标志要展现在空间里，而空间则要通过时间来理解和衡量。这种不同系列的交叉和不同标志的融合，正是艺术时空体的特征所在。时空体在文学中有着重大的体裁意义。可以直截了当地说，体裁和体裁类别恰是由时空体决定的；而且在文学中，时空体里的主导因素是时间。作为形式兼内容的范畴，时空体还决定着（在颇大程度上）文学中人的形象。这个人的形象，总是在很大程度上时空化了的。"[①]

法国的雷蒙·威廉斯于1973年发表的《乡村与城市》[②]一书考察了有关"城市"和"乡村"空间关系不断变化着的"情感结构"，其关注对象从16世纪的田园诗一直延伸到当今的全球文学。从文学空间的角度出发，作者对比和梳理英国文学中有关乡村与城市的种种论断和描述，对当代文学及文化研究中一些错误的乡村观念和城市观念进行了剖析，指出其谬误。

---

① 巴赫金. 小说的时间形式和时空体形式：历史诗学概述 [M] //巴赫金全集：第三卷 小说理论. 白春仁，晓河，译. 石家庄：河北人民出版社，1998：274-276.
② 威廉斯. 乡村与城市 [M]. 韩子满，刘戈，徐珊珊，译. 北京：商务印书馆，2013.

作者集中驳斥了部分学者所坚持的"消逝的农村经济""快乐的英格兰""黄金时代"等缅怀旧日农村的错误观念,指出这些观念只是作者的想象。无论是历史事实,还是部分作家的作品,都显示出昔日的英国农村充满了苦难,相对于城市而言,农村既不等同于落后和愚昧,也不是充满欢乐的故园;同理,城市虽然是在新的生产方式确立后兴盛起来的,但城市并不必然代表了进步,城市也面临太多的问题。简言之,城市无法拯救乡村,乡村也拯救不了城市。由此,作者认为,城市与乡村的这种矛盾与张力反映了资本主义发展模式遇到的一场全面而严重的危机,要化解这场不断加深的危机,人类必须抵抗资本主义。

法国哲学家、科学家、诗人加斯东·巴什拉出版于1957年的《空间的诗学》①也很有学术价值。在现代主义晚期建筑文化快要窒息的氛围中,此书从现象学和象征诗学的角度,对建筑空间展开了独到的思考和想象。作者认为,空间并非填充物体的容器,而是人类意识的居所,建筑学就是"栖居的诗学"。此书中的最精彩之处,莫过于对亲密空间的描绘与想象。他指出,家是人在世界的角落,家的意象反映了亲密、孤独、热情的意象。我们在家屋之中,家屋也在我们之内。我们诗意地建构家屋,家屋也灵性地建构我们。该书虽然不是文学研究的著作,但是对于文学及诗学的研究也极有参考价值。

莫里斯·布朗肖是20世纪法国著名的文学评论家、理论家及小说家。1955年,他出版了文学批评专著《文学空间》②。在该书中,作者通过分析马拉美、卡夫卡的作品,探讨了"写作是什么""文学是什么""构成文学的'力量'或者说'文学空间'是什么"等理论课题,认为写作就是寻求作为"作品"的某种东西成为可能的那个时刻或那个点,文学空间就是死亡的空间。在寻求小说和评论的新途径中,作者表达了一种极限体验,即

---

① 巴什拉. 空间的诗学 [M]. 张逸婧, 译. 上海:上海译文出版社, 2013.
② 布朗肖. 文学空间 [M]. 顾嘉琛, 译. 北京:商务印书馆, 2003.

把死亡设想为"终极的绝对考验"的体验。这些观念对后来法国的文学批评产生了影响。

其后，克里斯丁·罗斯完成于1988年的《社会空间的兴起：兰波和巴黎公社》，考察了兰波的诗歌道路，以及其他很多文化生产中的空间问题；另外，迈克·克朗在1988年出版的《文化地理学》中以《文学景观》为题，开辟专章讨论了文学中空间的含义，认为文学，诸如小说、诗歌、戏剧、传奇等文体，都体现了以不同方式对空间进行阐释的努力，文学景观是"文学和景观的两相结合"。

事实上，"文学空间"理论及其应用，在20世纪欧洲许多国家，被一些学者更准确地凝练为一门学科——文化地理学。文化地理学是研究人类文化空间组合的一门人文地理分支学科，也是文化学的一个组成部分。它研究地表各种文化现象的分布、空间组合及发展演化规律，以及有关文化景观、文化的起源和传播、文化与生态环境的关系、环境的文化评价等方面的内容。

19世纪20年代至70年代，文化地理学逐渐形成五大研究主题：文化生态学、文化源地、文化扩散、文化区和文化景观。文化生态学讨论文化区是否由自然区决定；文化源地主题涉及文化最早出现在什么地方；文化扩散主题涉及文化自源地通过何种形式扩散到其他地方；文化区主题涉及文化扩散后形成的各种类型区域的组织形式；文化景观是研究上述主题的切入点或观察对象。

19世纪70年代后，许多学者在原有的文化地理学概念及学科的基础上，又提出了"新文化地理学"的概念。新文化地理学的出现，以若干里程碑式的代表性著作为标志。例如两位新文化地理学领军人物杰克逊（P. Jackson）和科斯克罗夫（D. Cosgrove）的著作《意义的地图》《景观图解》。这些著作虽有振聋发聩的新观点，但是均没有呈现一个完整的文化地理学框架。

就学术研究方法而言，文化地理学主要集中于两条道路，即纵向研究和横向研究。文化与自然环境关系的研究为纵向研究。在强调可持续发展的时代，文化地理学研究者可以挖掘不同地方生态保护的地方知识，为因地制宜地开展生态保护和生态建设服务。例如，贵州喀斯特地区的人们，自古以来有一套防止土壤侵蚀的地方性知识，而这套地方性知识远比科学家的方法更符合地方地理特点，更为行之有效。有些文化地理学的研究与自然环境没有关系，我们称之为横向研究。这方面的研究着眼于文化的空间关系。例如北京各回族聚居区，其兴衰命运各有不同，很难解释。而文化地理学家研究后得出结论：那些位于主体民族文化边缘地区的回族聚居区，以及回族聚居区的经济自组织中心与宗教文化自组织中心在空间上重叠的回族聚居区，具有较强的生命力。北京牛街回族聚居区就是一例。①

从国内的学术研究看，谢纳博士的《空间生产与文化表征：空间转向视阈中的文学研究》②从方法论角度引入了"空间理论"。《空间生产与文化表征：空间转向视阈中的文学研究》一书以空间生产论为理论基础，以当代西方空间转向为学术资源，以中国现代小说为文本分析对象，在文学与空间的互动阐释中建构文学空间理论，揭示空间生产与文学表征之间的内在关联。该书不同于传统的地域文学研究和都市文学研究，而是运用跨学科的文化研究方法，研究文学在文化表征实践过程中如何运用表现、再现、想象、隐喻、象征等表征方式对空间进行意义的编码重组，揭示现代性空间重组的文化政治内涵及其社会历史意义，具有探索创新的理论意义。

空间理论在中国文学上的应用，以古代诗学的研究更为突出。邓伟龙教授的《中国古代诗学的空间问题研究》③认为，中国古代诗学中之赋比兴其实都是空间思维的方式，但因受时间思维影响的不同也就最终导致古人

---

① 周尚意. 文化地理学研究方法及学科影响 [J]. 中国科学院院刊，2011 (4).

② 谢纳. 空间生产与文化表征：空间转向视阈中的文学研究 [M]. 北京：中国人民大学出版社，2010.

③ 邓伟龙. 中国古代诗学的空间问题研究 [M]. 北京：中国社会科学出版社，2012.

重"兴"而轻"比""赋";中国古代诗学之"言"其实是"依存时间的空间性媒介","象"则是"跨度言意之间的空间性组合",而"意"则为"依象而存的空间性混沌";而意境之"境"和构成意境的三个最主要因素与结构层次都具有空间或空间性的特征;并且作为诗歌艺术技巧的对仗、节奏、格律等也都是构建空间性艺术的技巧。综此,空间可谓解读中国古代诗擘的一个有力维度,而空间或空间性亦或是中国古代诗歌艺术的特质之一。

在地域文学研究的维度,中国古代文学,尤其是诗歌研究,取得了非同凡响的成就。如戴伟华教授的《唐代使府与文学研究》《地域文化与唐代诗歌》等。《地域文化与唐代诗歌》[①] 这部书稿系戴先生主持的国家社科基金项目结项成果。其创新之处在于将过去主要以诗人籍贯为主的地域文化与文学创作的分析,转换为以诗歌创作地点为主的地域文化与诗歌创作的研究;在编制《唐文人籍贯数据库》和《唐诗创作地点考数据库》基础上,分别讨论了唐诗中所体现出的地域文化意识、文学创作的历史传统与诗人生存的地域空间在诗歌中的表现和差异,并对弱势文化和域外诗给予了关注。书中地域文化的表述与诗歌创作,其研究重点是作家的创作,如《论隐逸诗人的空间位置》,又如《论历史文化传统和诗人生存空间的冲突》等等。以李白为例,戴先生指出,文化或顺承主体或对抗主体,原因之一,就是地域起了中介的作用。由于地域文化的介入,史、地、人关系的综合体在发生调整,例如,鲁文化传统就是儒学传统,而东鲁则成了李白与儒家文化冲突极端表现的地点。在文化断续论中以陈子昂为例,指出文化断续表现为,由于区域不同,对历史传统的认同在同一时间区段中出现差异,交通发达地区文化的传承和时间是同步的,易与时俱进;而偏远地区,则表现为文化承续的守旧和固执。初唐蜀地文人面临的文学传统由于有东晋

---

① 戴伟华. 地域文化与唐代诗歌 [M]. 北京:中华书局,2005.

南朝的空白而可以直取汉魏。蜀地文人，西汉以辞赋为主，东汉魏晋渐趋文史而偏重史学，东晋南朝则文学衰落，间有史学问世。

在国外同行研究的启发和国内学术研究自身发展机制的双重作用下，"文学地理学"作为一门探讨地理环境与中国文学之间相互关系的重要学科，越来越受到学界的瞩目。文学地理学的渊源可以上溯至20世纪初期，基本路线是在文学研究时间维度的基础上强化空间维度。为此，中国社会科学院文学所杨义先生提出了"重绘中国文学地图"的重要主张，原因在于过去对文学发展动力的研究过于强调中原文学的主导作用，而忽视了中华文化的辉煌是离不开对少数民族文学及边缘文学的包容与兼收。文学地理学的终极目的和第一原理，就是使文学研究"接通地气"。这意味着对文学地理学的研究不再是对作家进行简单的地域划分，而要进一步考察不同土地所产生的特有文化气息和人文气息是怎样渗入作家的记忆、思维和想象之中。例如在海岛上生长的人和在草原上生长的人，他们的观念与信仰就是不同，这是代代传承渗入基因的文化密码。所谓"接通地气"，就是人与生长之地的自然环境、种族、民族进行生命交换的过程。研究文学地理学，就是对这一过程的还原。同时，文学史的研究也离不开对文学地理的把握，只包含"正统"一域的文学史不是完整的文学史，只有包含了空间维度的展开，涵盖了多样空间的历史才会更大、更深、更完整。因而，中国的文化和诗学在不同空间层面上必须探索融合与转移的具体机制，做到时空结合。

从文学地理学学科建设来看，最近十年来也取得了突破性的发展。《文学地理学会通》①是杨义先生近年来在文学地理学方面著述的专题文集。包括《文学地理学的本质、内涵与方法》《文学地图与文学地理学、民族学问题》《屈原诗学的人文地理分析》等15篇长篇论文，既有综合性研究，也

---

① 杨义. 文学地理学会通[M]. 北京：中国社会科学出版社，2013.

有地区和作家的区域和个案分析，既有古代文学地理学的探微，也有对现当代文学基于文学地理学的阐释。总之，这是杨义先生在首次提出文学地理学的概念之后多年来在此领域的研究成果的一次集中展示，是杨义先生众多著述中颇有分量的一部文集。

此外，段崇轩教授的《地域文化与文学走向》一书，集中论述了山西文学的宏观发展和山西作家作品的经验、局限，着重从地域文化与文学流变的角度进行了深入阐释。李浩教授的《唐代三大地域文学士族研究》、谢昭新教授的《地域文化与文学艺术创新》也是"地域诗学"方面的力作。

第一章

空间诗学理论的思想资源

　　一般而言,对于空间的思考在中西方文化中都是较早触及到的。空间问题更多的是涉及宇宙本体论的问题,也即"我是谁""我从哪里来""我往哪里去"这些古老而永恒的哲学追问。中国古代社会对于空间的思考,一方面是从"道"的衍生的角度出发,"道生一,一生二,二生三,三生万物",阐释万物从空无到实有的过程;另一方面则是从大与小、多与少、长与短相对的角度出发,将空间问题转化为人的生存哲学的问题,即庄子《秋水篇》所言的哲学观念。而在欧洲,"原子说"与"理念世界"的观念,也是建立在古老的空间和时间观念上的。

第一节 中国古代文体理论中的"空间"意识①

空间是人类生存最重要、最基础的前提条件,也是古代最早一批知识分子最关切的本体论问题。后世学者对于上古思想与文化的思考,其实都是在一个特殊的假定空间中进行的。葛兆光先生就说过,现代理论尤其是人类学家们,"主要是通过调查现代世界上的一些尚未进入所谓'文明'时代的部落或民族,以此来推测那些已经进入所谓'文明'时代的人类的过去",而这种"把时间距离转化为空间差异"的研究方式,就是"重构上古思想世界"的主要手段。②那么,从这个层面出发,中国古代文论中的空间,其实也是后世的想象和重构。中国文艺美学中的"虚实相生"观念,是古典诗学理论的高度艺术概括,在诗歌、绘画、书法等艺术形式中得以精彩呈现,将自然山水人文化、情感化,突破既定空间的约束。虚实相生的理念,在传统的文艺批评形式"诗文评"中,也以"空""远"等美学范畴形式,凝结为特殊的艺术理论体系。"虚实"理论作为文艺创作与鉴赏中的核心观念之一,与空间理论有着天然的艺术契合。

一、空间意识与虚实观念

中国古代文人一般将时间和空间统称为宇宙,即"天地四方曰宇,往古来今曰宙"③,其中宇为空间,宙为时间。一般而言,对于空间的思考,

---

① 中国古代文学理论中的"空间"意识和空间问题,更直接地体现在赋比兴的艺术构成、言象意的空间构造、意境的生成等方面。具体可参见邓伟龙《中国古代诗学的空间问题研究》(中国社会科学出版社2012年版)。
② 葛兆光. 中国思想史:第一卷[M]. 2版. 上海:复旦大学出版社,2013:6-9.
③ 尸佼. 尸子译注[M]. 汪继培辑,朱海雷撰. 上海:上海古籍出版社,2006.

在中西方文化中都是较早触及的。空间问题更多的是涉及宇宙本体论的问题，也即"我从哪里来"的这个古老而永恒的哲学追问。中国人对无尽空间充满着热爱，通常喜欢称之为"太虚""太空""无穷""无涯"等。在中国古代文学中，文人们的眼睛不是从固定角度集中于一个焦点进行想象、创作，而是流动着，飘瞥四方，一目千里，把握全境。早在《周易·系辞》里就已经说到，古代圣哲观察天地的方式是从空间的维度开始的："古者包牺氏之王天下也，仰则观象于天，俯则观法于地，观鸟兽之文与地之宜，近取诸身，远取诸物，于是始作八卦，以通神明之德，以类万物之情。"①时间和空间是人类生活的两个重要维度，中国古代诗歌的空间意识是诗人用心灵去观看空间万象，是通过外物的载体而领会内在精神，将虚景与实景相结合，在诗歌上形成虚灵的、物我相融的艺术空间。在秦汉以前的哲学中，时空不是纯认知的，它是在人们的感觉中形成的，时空是生命化的感觉时空。中国人的空间意识、时空观源自于悠久传统的中国哲学，认为空间是生命的定位，空间与时间因生命而交接沟通，于是空间被意象化、结构化。

不管是古典诗画还是其他的文学艺术，它们所表现出的空间意识都沉淀着厚重的历史文化。所谓文化，是人在改造自然的过程中所创造的一切变化，包括物质、制度、精神。文化对人的生活的各个方面都有着重要的作用，而艺术最能反映文化。作为中国传统艺术的诗歌所蕴含的空间意识就深刻地表现出中国传统文化的核心——"天人合一"的观念。尤其是经过汉代董仲舒的改造与宣传，"天人合一"的观念与儒家思想密切结合，更

---

① 周易 [M]. 杨天才，张善文，译注. 北京：中华书局，2011：12.

是对古代文人的时空观起到了巨大的影响和塑造作用。①

从源头上说，中国最根本的宇宙观是《易经》上所说的"一阴一阳之谓道"。宗白华先生认为，"诗歌的空间感也凭借一虚一实、一明一暗而表达出来。虚（空间）同实（实物）联成一片波流，如决流之推波；明同暗也联成一片波动，如行云之推月，这是古代诗歌空间感的特殊表现手法。诗人的空间意识是用心灵去观看空间万象，是通过外物的载体而领会内在精神，将虚实、明暗相结合，形成虚灵的、物我相融的艺术空间"②。

从现实角度看，任何事物都处在一定的时空之中。但从主体与对象及其关系角度看，时空可以分为两类，一是客观的现实时空，二是主体的心理时空。在审美过程中，客观与主体、现实与心理有机交融，使得这两种时空浑然为一，形成了审美的时空。心理时空看不见、摸不着，必须通过感性的外在事物形态来表现，但心理时空本身又超越了现实时空的局限，也突破了主体感性生命形态的束缚。"一日不见，如三秋兮""海内存知己，天涯若比邻"等诗句表现的就是主体的心理时空。这种心理时空的存在，取决于主体内心对事物的感悟。在情感的支配下，审美主体不但可以其感性形态生息于天地之间，从现实中汲取生命之源，而且还可以遨游于心理时空。超越现实时空去观照生命的本源，从而体悟主体生命与宇宙生命融为一体的化境，从对有限感性生命的超越中感受生命的永恒，心理时空的节奏和韵律与宇宙时空的精神是契合一致的。同时，主体还经常以现实时空为出发点，徜徉于大化时空的无限之中，以求得精神的逍遥，从而在有限的感性时空中体悟到生命的无限性。诗人喜欢寄情山水、怀古伤时，由表象而探求内在的精神，探求背后的意义。嵇康"俯仰自得，游心太玄"，杜甫也在看到"不尽长江滚滚来"的现象之后，开始进入"万里悲秋

---

① "天人合一"观念与董仲舒、儒家思想三者之间的关系，可参见黄朴民《天人合一：董仲舒与两汉儒学思潮研究》（岳麓书社2013年版）。

② 宗白华. 中国诗画中所表现的空间意识 [M] //宗白华. 艺境. 北京：北京大学出版社，1986：226.

常作客，百年多病独登台"的"内心虚灵空间"了，才使得有限变无限，临时变永恒。诗人可以通过"观"一时、一地、一物，联想起此时、此地、此物与相关联的其他事物，这就是王维所说"山河天眼里，世界法身中"。在中国文化中，仰观俯察、远近游目，是在整体观照的前提下，由此观彼、由表及里、由此及彼的本质性认识过程。

中国的空间意识更多的是从诗性智慧的角度出发，讲求"虚灵的空间"，讲求诗意的创造性的艺术空间。如陆机《文赋》云："观古今于须臾，抚四海于一瞬。"刘勰《文心雕龙·神思》则云："寂然凝虑，思接千载；悄焉动容，视通万里。"这些古代文论中的经典名句，都是在强调时空因素在文学构思、创作过程中的重要作用。正如当代台湾学者所言："人与时空是那样巧妙地融合无间，情感与哲理，不喜欢脱离时空现象，去作纯粹的摹情说理，每每透过时空实象的交互映射予以形象化。因此可以说，时空设计，是中国诗里最重要的环节。"①

二、虚实有无与范畴寄托

空间是具体的，因为人类在空间中生存，日出日落、风雨如晦，大江奔流、小溪潺潺，高山耸立、庙宇居室，无不在有限与无限的空间中塑造和拓展着人们的空间感知。因而，在现实空间的基础上，古人将自然空间中的山水拟人化、对象化，将"故乡""山水"等实体性空间事物转化为体验性、精神性的审美符号。同时，也将自己的情感、想象等思维过程，抽象、升华形成了"空""空无""玄空""远""无极"等概念，并以之为基础，进行多元化、模糊化和联想化，最终形成了"空""远"等审美范畴。换言之，虚实理论作为传统文艺理论，它并不经常以"虚"或"实"的名义出现，反而经常以"空""远"的名义出现，而且出现频率较高的是代表

---

① 黄永武. 中国诗学：设计篇 [M]. 台北：巨流图书公司，1976：43.

"虚"的"空"或"远",代表"实"的"色""有""近"等词汇出现频率不高。这种文艺现象,也是中国文艺务虚的一个民族特色。

从历史逻辑的角度看,"空"范畴作为"虚"的同义词,是空间理论最直接的观念集合,它作为中国古代文艺批评范畴,其核心地位很早就得到了确立。"空"本意为"孔洞",脱胎于道家的"虚无"观,在魏晋时期又继承了佛教大乘空宗的"空"的思想。"空"是佛教哲学的根本概念和核心范畴,也是佛教义理的最高范畴,因而在佛教中国本土化的过程中,应用于文艺创作和鉴赏,处于古典审美范畴体系的核心。"空"范畴的子范畴种类繁多,如:虚空、空静、空灵、空白、空无、空幻、清空、色空、翻空、写空、留空、圆空、劈空等,也包含了空山、空堂、空庭、空巷、空花、空枝、空门等审美意象,构成了一个韵味丰富的艺术空间。一般而言,"空"范畴在中国古代美学和文艺理论的领域中,包含着以下六个方面的内容。也即,"空"范畴有六个重要的子范畴,直接影响着中国文艺思想。

第一,空静与审美心胸的融合。由于"虚"与"空"互通,因而道家"虚静"说是"空静"范畴的起源。老子认为,个体修养的主旨为"致虚极,守静笃";庄子继承并发扬了这一观点,提倡"心斋"与"坐忘",认为"唯道集虚,虚者,心斋也"。魏晋南北朝时期陆机和刘勰先后具体阐述了"虚静"对于审美主体的作用,将"虚静"的概念引入了文学理论范畴,构建了"虚静"理论体系。如《文心雕龙·神思》中写道:"是以陶钧文思,贵在虚静,疏瀹五藏,澡雪精神。"到了宋代,苏轼结合禅宗"空"的思想,将"虚静"演化为"空静",认为:"欲令诗语妙,无厌空且静。静故了群动,空故纳万境。"(《送参寥师》)苏轼最终确立了"空静"的审美主体心胸论。

第二,翻空与审美构思的契合。古代文人在文艺创作的构思阶段,其"翻空"的三种途径包括:一是通过虚实关系构建"上下文"内容,即创作主体凭空驰骋想象而获得审美图示,如刘勰所说"意翻空而易奇,言征实而难巧也";二是类比联想,即从有到无的类比意象联想,如"却不道人去梁空巢也倾"(曹雪芹《葬花吟》),形成了丰富的古代文艺意象群;三是情感联想,即通过思乡、怀旧、闺怨、不仕等情怀而引发的艺术创作构思,如王维诗"人闲桂花落,夜静春山空"等,并常常形成特定的审美意境。

第三,色空与艺术"留白"的审美同构。色空观体现在艺术创作的具体实践内容方面,分别包含了"色"和"空"的关系、"写空""留白"和"飞白""留空"等内容。佛教色(有形有相的事物,即"实")空(无限广大的虚空,即"虚")观指的是"有"与"非有"、虚(空)与实(色)的辩证统一、互相转化的观念。与此相对应,古代文艺作品中也存在大量以"空山""空花""空枝""空影""空雁"等为抒情意象的"写空"现象,同时,中国文人画中的"留白"技巧和书法中的"飞白"技巧,都是受"色空观"(虚实理论)影响而形成的。此外,诗词意境塑造中的"破空""反义"技巧和戏曲创作中的叙事手法如"断裂法""节略法""假借法"等技巧,都是一种"留空"。

第四,空灵与审美风格的境界共通。一般来说,"空灵"的作品,必须符合天然、机趣、巧妙、超越等文艺作品的内在规律。从接受美学角度看,"空灵"的风格也体现为玄空、巧空、空趣、空远等审美体验类型。就中国文学史而言,谢灵运、陶渊明、王维、韦庄、姜夔等文人以及诸多诗僧的作品具有明显的"空灵"风格。

第五,清空与审美鉴赏的交互。"清空"作为"空"的子范畴,也是与"清"范畴共同构成的合体范畴,是"清"与"空"的意蕴连接,包含着清静、古雅、纯粹、脱俗之"空"意。"清空"的文艺批评,广泛应用于题壁诗、题画诗和玄言诗、禅诗的评点。在南宋张炎《词源》中,"清空"被固化为词体批评之法:"词要清空,不要质实",构建了"清空"词学理论。姜夔"清空骚雅"词法及张炎"清空"理论推动了南宋江湖词派的形成。

第六,空无与审美哲思的文化辉映。空无作为古代哲学、宗教学、美学和艺术学等共有的核心命题,包含着丰富而复杂的空间属性、时间属性、情感属性以及"空无"作品的超越性、自由性等生命哲理。"空无"在文艺作品中的先验、主体性存在,以及为人物、事件提供演化空域。"空无"也将"瞬间"与"永恒"进行对立统一,"太古一瞬"成为文学的原型性时间表述(如"南柯一梦"、刘禹锡诗"怀旧空吟闻笛赋,到乡翻似烂柯人"等)。"空无"体现在作品中,是一种人生沧桑、"在路上"的情怀或宗教情感,如"是非成败转头空"(杨慎词)之语。"空无"作品往往体现一种"院名谁遣称空寂,入得门来寂又空"(刘克庄词)的生命哲思。

宋代著名词人晏殊在《浣溪沙·一向年光有限身》词云:"满目山河空念远,落花风雨更伤春。"就此而言,空,是一种恬淡遗俗、无欲返朴的生命美学观念。文艺作品中的"空",从内容上说,呈现在创作主体、作品风格、文体笔法、鉴赏品评、生命意识等不同维度,其审美指向是一种超然物外、简约淡远、自然天成、自由洒脱的境界。

概言之,空间作为基础的文化命题,在中国诗学的传统中得到了高度的重视,在诗与画的艺术交汇中,在情感体验与诗性哲思的艺术会通中,既体现了各自空间的美学特质,又在审美通感中打破时空的界限,以虚实相生的原则,在远近俯仰中拟人化、客体化,深刻展示了东方民族的诗性智慧和诗学魅力。因而,中国文艺世界中的空间构建,既符合西方空间理论的基本原理,又具有强烈的民族色彩。

在"事诗如事画""诗画本一律"的传统诗学审美原则支配下,我国古代诗歌由"可感"的艺术向绘画"可见"的空间艺术吸取审美经验,使诗歌"由感而见",强化了诗境空间的视觉美效果,造成了诗中有画的意境美。布鲁默指出:"中国艺术家通过散点透视,旋回观照,把摄入不同审美视野中的物象以蒙太奇的方式组合起来,构结成诗歌意象,取得神似的效果……""绘画性""雕塑性"是中国古典诗歌的十大特征之一。①

---

① 纪秋娟. 时尚题材水墨人物画的唯美表现[D]. 武汉:中南民族大学,2013.

诗人运用富有张力美的意象既可以拓宽物象境界的空间感，使得物境空间具有阔大广远性的张力美，又可以拓宽情意境界的空间感，使得"意念的空间"具有深幽邃远、含蓄隽永的张力美，产生诗情、诗意的含蓄宽广、不定多变等美感特征。刘勰在《文心雕龙·神思》中认为是"义在咫尺，而思隔山河"的美。什克洛夫斯基主张诗歌空间的延伸，是"增加感知的困难"，是"延长并加强感知的过程"，也即是"空间书写既融汇有作者审美体验的澎湃激流，也留出了可供艺术接受者再度体验的广阔天地"①。物象境界是具象空间，它直接诉诸人的视听等感官，可以为画面空间造型，是中国古代诗画追求的"咫尺间有千里万里之势""墨气所射，四表无穷"的具象空间美感特征。

具体来说，古典诗歌空间书写的美学特征主要在于"远"。中国古代艺术普遍表现出这种"远"的自觉精神，诸如幽远、玄远、清远、淡远等，涉及空间的方位距离、视觉美感特征、思想情感和诗歌风格等多方面远的特性。杜甫在《题王宰画山水图歌》中称其画是："尤工远势古莫比，咫尺应须论万里。"咫尺之幅就应表现出万里之遥的空间形相。而古典诗歌中，寥寥数语，也呈现出远阔的空间形态。"黄河远上白云间，一片孤城万仞山"（王之涣《凉州词》），"星垂平野阔，月涌大江流"（杜甫《旅夜书怀》），"无边落木萧萧下，不尽长江滚滚来"（杜甫《登高》），"孤帆远影碧空尽，唯见长江天际流"（李白《黄鹤楼送孟浩然之广陵》），一"远上"，一"涌"一"流"，一"无边"一"不尽"等等，都具有向遥远的空间跃动的张力：随着江河水的流动，空间也在延伸到远方。由此，气势恢宏壮大，辽阔的空间审美诗境也显露无遗。

除空间范围的"远"外，古典诗歌空间书写的美学特征还表现在审美情趣上。"近而不浮，远而不尽，然后可以言韵外之致耳。"司空图则在

---

① 胡经之. 文艺美学 [M]. 北京：北京大学出版社，1989.

《与李生论诗书》《与王驾评诗书》《与极浦书》《题柳柳州集后序》等文章中认为，象外之象、景外之景、韵外之致、味外之旨是由"可望而不可置于眉睫之前""远而不尽"的空间远韵产生的。皎然《诗式》曰："高手述作，如登衡巫，观三湘、鄢、郢山川之盛，萦回盘礴，千变万态；或极天高峙……气腾势飞，合沓相属；或修江耿耿，万里无波，欻出高深重复之状。"钱锺书先生认为："囊括古来众作，团词以蔽，不外乎登高临远，每足使有愁者添愁而无愁者生愁。"① 登高抒情是古代诗人常用的审美视角。其中最典型的，无非是杜甫的《登高》一首："无边落木萧萧下，不尽长江滚滚来。"其境界恢宏博大，气腾势飞。高深阔大的景象与深广厚重的愁恨交相辉映，达到了"意与境浑"的完美地步。

三、空间与远游、远方②

中国古代文学史上不仅有大量体现空间之远美的作品，而且在理论探索上也颇有建树。"白日依山尽"只是眼前之景，"黄河入海流"已经突破眼前之景而实现视觉空间的超越，"欲穷千里目，更上一层楼"是人的阔达心胸的外化，营造出至大至美的人生境地。唐代诗僧皎然在《诗式校注》中将诗歌创作的艺术境界与艺术风貌分为十九种，称"远，非如渺渺望水，杳杳看山，乃谓意中之远"③。皎然把"远"从对客观世界的观察移入内在的主观想象，明确了"远"对有形山水的精神超越。"意中之远"的提出是对"眼中之远"的飞跃，他自觉地将"远"视为内在精神层面的超越，升华了"远"的超越品格。宋代郭熙《林泉高致》④云："山有三远，自山下而仰山巅，谓之高远；自山前而窥山后，谓之深远；在近山而望远山，谓之平远……远山无皴，远水无波，远人无目。"郭熙的绘画理论，不但将

---

① 钱锺书. 管锥编 [M]. 北京：生活·读书·新知三联书店，2001：876.
② "时间之远"与"空间之远"是相辅相成的一对概念。本节内容由郭守运博士执笔。
③ 皎然. 诗式校注 [M]. 李壮鹰，校注. 北京：人民文学出版社，2003：71.
④ 郭熙. 林泉高致 [M]. 周远斌，点校纂注. 济南：山东画报出版社，2010.

"远"进行层次上的分析,还提炼出"远山""远水""远人"的具体创作方法,不仅影响了后世的绘画创作和理论建构,对以意境见长的山水诗歌创作同样具有重要的指导意义。

出离家园、无所依傍的远游行为,使人的视野变得宽广。人生百态,千姿万景无不被囊括进旅人的生活经验中。表现在宋词中,则是"远""千里""万里""三千里"等字眼和词汇的频繁出现。晏殊有词作云:

撼庭秋

别来音信千里。怅此情难寄。碧纱秋月,梧桐夜雨,几回无寐。

楼高目断,天遥云黯,只堪憔悴。念兰堂红烛,心长焰短,向人垂泪。

这是一首典型的婉约词。空间阻隔之远,音信渺茫,相隔千里的遥远,词人为自己的感情无法表达和寄托感到痛苦惆怅。"碧纱秋月,梧桐夜雨,几回无寐",明月照进碧纱窗里,夜雨滴滴打在梧桐叶上,一派凄清光景,我多少次辗转难眠。"楼高目断,天遥云黯",我站在高楼之上,对着遥远的天空,黯淡的云朵,忧心忡忡。目之所及,无法到达心中所在。广阔的空间在视线之外无限延绵,视觉消失处便只能凭借思维和想象,触摸远在天边的思念之人和场景。想那厅堂上的红烛,烛芯长长,火焰却小,一点点慢慢燃烧直到尽头,滴出的蜡油仿佛是对人落泪。在词人的念头里,彼与吾一直同心同感。

茫茫天地间,游子孤身一人面对广阔无垠的空间,所思所念都在千里之外、万里之外,仿佛自己一个人独自被抛于荒无人烟的荒野中,他们的目光,总是投向远方。在这类词作中,对空间的感悟得以诗化,如欧阳修的《少年游》中写道:"晴碧远连云。千里万里,二月三月,行色苦愁人。"在"谢家池上,江淹浦畔",飘零着一个孤独游子的"吟魄与离魂"。贺铸的《惜余春·急雨收春》对空间的感悟也是"江南渭北三千里",只因:"留恨城隅,关情纸尾。阑干长对西曛倚。"周邦彦的《过秦楼·大石》有言:"叹年华一瞬,人今千里,梦沉书远。"千里之外,在交通不便、通信不便的古代，已经可以算是一种无法沟通的阻隔了。在这种命运般的阻隔面前，作者只有独自哀叹，却无可奈何。周紫芝《汉宫春（己未中秋作）》同样以含糊的"千里"二字表达了自己在这种远游在外的遭际中对空间的独特感悟："伤心故人千里，问阴晴何处，还记今宵。"在这样广阔天地面前，周紫芝感觉自己就像徘徊困顿、无路可走的乌鹊一样："南枝鹊绕，叹此生、飘转江皋。"作者在这里显然化用了曹操的"月明星稀，乌鹊南飞。绕树三匝，何枝可依"，表达了一种难以抉择、漂泊不定的命运感：漂游不定，无"枝"可依。广阔的空间反而让人觉得无处容身，想要四海为家，结果却落得一个无家可归的悲剧下场，这是我国古代文人极具有代表性的精神悲剧。借用周紫芝所言，或许多数人都只能"流年老尽，漫银蟾、冷浸香醪。除尽把，平生怨感，一时分付离骚"。在文学中寄托这种绝望的情绪，以幽长深沉的哀歌对抗广阔无垠的空间，借以表达情感的深层内蕴。这种情形，在面对悠悠岁月长河时，也是相同的，这一点在下面还会提到。

　　千里之外，才是诗人词人们的心之所在。古代的文人士大夫们常常为了寻觅家园而远走他方，却往往在远走他方的途中，诉说对于自己所逃离、叛离的家园的思念。他们永远无法安顿于当下，永远都在思念着远方，回忆过去总是多于感悟现在。正如李弥逊《念奴娇·坐上次王伯开韵》中所写的："故园千里，月华空照相忆。"故园，总是充满了温馨的回忆，尽管这极有可能就是作者自己当初抛弃、逃离的所在。直到现当代，我国还有一位蜚声中外的文坛巨匠巴金写下《憩园》，表达了古往今来文人士大夫这种共同的情愫：旧的家园承载了太多罪恶和丑陋，承载了太多痛苦的回忆，热血沸腾的青年们往往倾向于向它表示决裂。但是，又很少有人真的能决绝、毫不留情地抛弃掉，直到在行走的路途中、在重新寻觅家园的路途中领受了新的无奈和苦痛，出离者往往会回首故园，默默地向着旧家园的方向倾诉自己的思念，在回忆中获取温暖。苏轼的"高处不胜寒"五字道出了这种文人士大夫共同的生命体验。

　　"登高望远"在文人笔下被赋予形而上的思索以及生命的情趣，王之涣的《登鹳雀楼》（一作朱斌诗）至今广为流传："白日依山尽，黄河入海流。欲穷千里目，更上一层楼。"正是由于对当下生活状态的不满，文人士大夫们才把目光投向千里之外、万里之外，将自己满腔的生命激情投注于远方。而在这样的处境之下，诗人们、词人们的眼界和视野看起来异常的开阔，在他们的诗篇和词作里，展现出来的空间往往是开阔而空旷的，但是极高极远处无疑都是孤寂寒冷，以至于令人难以忍受的，这正是他们的心境的一种投射。空间的开阔和空旷，反映的是心境的空旷和荒凉，抑或放达。洪适《江城子（赠举之）》写道："极层楼。望丹丘。只恐溪山，千里碍凝眸。"借登高得以开阔视野，洪适极目远方，还担忧这千里延绵的河山阻碍了自己与所思眼神交流的路线。广阔无垠的空间，并不只是供人自由驰骋的，它本身就是一种阻隔。正是这种命运般无法抵抗的阻隔，使文人士大夫们不吝于用"千里""万里""三千里""远""天涯"此类含混而模糊的字眼，表达着自己的难言之隐。

宋人郭熙有云："诗是无形画，画是有形诗。"① 郭熙在其山水画论集《林泉高致》中提出了这一观点。它简洁而又生动地阐明了中国古代诗歌与绘画之间的内在联系。其实，在中国古代，诗歌与绘画这两种艺术一直都联系得非常紧密。可以说，中国古代著名的诗人对赏画通常会有很高的修养，杜甫、苏轼、秦观等著名诗人，都曾以诗论画，有的作品还成了传诵至今的名篇佳句。这正如北宋画家邓椿所说："画者，文之极也。故古今之人，颇多着意……其为人也多文，虽有不晓画者寡矣；其为人也无文，虽有晓画者寡矣。"② 由此可说，既然中国画论及画作中对"远"有所追求，那么中国古代的文献及诗词、文章对"远"也一定有所涉及。

四、空间与"远"范畴

空间观念不仅体现在"空"的观念上，还体现在艺术创作中的"远"

---

① 郭熙. 林泉高致 [M]. 周远斌，点校纂注. 济南：山东画报出版社，2010：112.
② 李来源，林木. 中国古代画论发展史实 [M]. 上海：上海人民美术出版社，1997：142.

的命题、范畴和技法之中。

以山水画为例，中国山水画在"远"的空间审美特性上带有天然的优越性，这是人物画与花鸟画所无法比拟的。一直以来，中国古代山水画家对"远"都有着别样的青睐。顾恺之《画云仙台记》云："西山去别详其远近，发迹冬基，转上未半，作紫石如坚云者五六枚。"① 宗炳《画山水序》曰："竖划三寸，当千仞之高；横墨数尺，体百态之迥。"② 《历代名画记》卷九云："梁萧贲'曾于扇上画山水，咫尺内万里可知'，唐卢楞伽'咫尺间山水寥廓'。"杜甫在《戏题王宰画山水图歌》中说："尤工远势古莫比。"沈括《梦溪笔谈》卷十七《图画歌》谓："荆浩开图论千里……董源善画，尤工秋岚远景。"以上各家对"远"的言说意涵各不相同，但暗含了一个共同的倾向，就是对"远"的追求可以起到以小见大的效果，以便于在有限的画卷中开拓出无限的审美韵味。

北宋杰出画家郭熙在中国古代画论史上留下了精彩的"三远"说：

> 山有三远：自山下而仰山巅，谓之高远；自山前而窥山后，谓之深远；自近山而望远山，谓之平远。高远之色清明，深远之色重晦，平远之色有明有晦。高远之势突兀，深远之意重叠，平远之意冲融而缥缥缈缈。其人物之在三远也，高远者明了，深远者细碎，平远者冲淡。明了者不短，细碎者不长，冲淡者不大，此三远也。
>
> 山，近看如此，远数里看又如此，远十数里看又如此，每远每异，所谓"山形步步移"也。山正面如此，侧面又如此，背面又如此，每看每异，所谓"山形面面看"也。③

郭熙对"远"的论述，其实并不难理解。从绘画的技法角度看，中国古代绘画采用的是散点透视法，而非西方的焦点透视法，这就使得中国画

---

① 李来源，林木. 中国古代画论发展史实[M]. 上海：上海人民美术出版社，1997：45.
② 李来源，林木. 中国古代画论发展史实[M]. 上海：上海人民美术出版社，1997：48.
③ 郭熙. 林泉高致[M]. 周远斌，点校纂注. 济南：山东画报出版社，2010：111.

中的"远"景、"远"象和"远"韵能够得以淋漓尽致地展现。宋代画家李成欲在画中表现出"仰画飞檐",沈括就非常不赞同这种做法,他说:"大都山水之法,盖以大观小,如人观假山耳……李君盖不知以大观小之法,其间折高、折远,自有妙理,岂在掀屋角也。"① 宗白华在《美学散步》中指出,"沈括认为,画家画山水,并不是选取一个固定的角度来观看,而是站在南北,通观东西,要把全部景致都纳入心中,用心灵之眼去统摄全景,此所谓以整体观部分,也即是'以大观小'。同样的道理,郭熙在《林泉高致》中把这种'以大观小'的透视方法总结为'三远论'"②。

其实,"远"范畴与中国古代山水画存在一个相生相融的关系。"远"范畴的内涵本身有一个累积和嬗变的过程,而中国山水画的兴盛恰好为"远""韵""逸"等一系列的理论范畴提供适宜的生长土壤。

第二节 比较文学视野中的欧美"空间批评"理论

"空间理论"作为一套理论系统,是随着现代城市文化与现代人类学研究而诞生的,因而它更早地出现于欧美的文化研究领域。然而,空间问题又是一个古老的问题,在它的学科化、系统化之前,中西方哲学与文学艺术中也不乏关于空间的若干论述和浅显应用。由于中国的民族思维形式的特殊性,即中国传统的"诗性智慧"更强调文学的联想性、类比性和比拟性,因此对于空间的表述、理解、使用和评价也有很大的不同。

一、欧美"空间批评"理论

在西方传统的文学批评研究中,时间是文本叙事的轴心,社会形态、人物故事、情节线索——随时间线条的延展而呈现出来。与此同时,空间

---

① 李来源,林木. 中国古代画论发展史实 [M]. 上海:上海人民美术出版社,1997:90.
② 宗白华. 美学散步 [M]. 上海:上海人民出版社,1981:96 – 107.

被认为是没有生命的、固定的、无辩证的、静止的。然而文学作品中对空间的描绘随着现代社会的发展愈加明显，使得人们不得不在对现代性进行考察时重视空间与空间性问题。

空间批评是西方学界20世纪80年代在文化地理学与后现代时空理论的研究基础上逐渐发展起来的文化批评理论与批评方法。空间批评打破文学理论研究中扬时间而抑空间的传统，开始关注空间的社会文化等属性，并把空间与时间的交织看作研究文学叙事不可割裂的经纬网。20世纪末期，西方学界发生的"空间转向"运动是人们对空间认识深化与成熟化的体现，其中突出的代表人物有亨利·列斐伏尔、米歇尔·福柯、爱德华·索亚、大卫·哈维等。这些著名学者的空间批评理论，对于理解和把握欧美文学创作者的心理、文学结构、叙事内容等具有重要意义。

（一）亨利·列斐伏尔——空间是社会的

亨利·列斐伏尔是20世纪的现代法国思想家，是西方世界公认的"日常生活批判理论之父"，是城市社会学理论的重要奠基人。在"空间转向"中，列斐伏尔认为空间不仅是物质的存在，同时也是形式的存在，因此空间并不是空洞的，而是蕴涵着某种意义。从20世纪60年代开始，列斐伏尔将历史性、社会性和空间性联系在一个策略均衡、超学科的"三维辩证法"之中，提出"超学科"概念，将空间交织进历史性和社会关系中。[①] 他把空间结构分为三个要素：空间实践（spatial practices）、空间再现（representation of space）、再现空间（representational space）。即空间的实在、构想以及认知三个层面。列斐伏尔把日常生活的实践创造性与空间理论结合起来，同时把空间视为社会组织的一个要素，把空间从物理概念中抽离出来成为一个哲学理念，为后世对空间的研究奠定了坚实的基础。

---

① 吴宁. 日常生活批判：列斐伏尔哲学思想研究[M]. 北京：人民出版社，2007：392.

(二) 米歇尔·福柯——"异托邦"

法国哲学家米歇尔·福柯在研究空间问题的过程中发现，过去人们只注重对时间的研究，而忽略了对空间性的研究，这样的研究是片面的，因为时间其实也是一种异质的空间。他认为空间实际上是一个关系网络，是人们在实际当中所使用的，是由社会生产的各种关系所组成的。福柯所说的空间概念与经典物理学的空间概念并不相同，故而他称其为"异托邦"。与没有真实场所的"乌托邦"相比，"异托邦"是一个在真实空间里各种文化创造出来的，但同时又存在虚幻性的空间。

何谓"异托邦"？福柯通过"照镜子"的实例生动地讲解了这一概念。福柯认为，本来反映在镜子里的影像是一个"乌托邦"的场所，即一个没有场所的场所，镜子里的"我"是存在于一个非实在的空间里。但是，在这个"乌托邦"的镜子里，同时也存在着一个"异托邦"。因为镜子是现实存在的物质，而真实的我则通过镜子观察到一个并不真实的自己。在这个意义上，镜子的作用就相当于一个"异托邦"：当我照镜子的时候，镜子提供一个占据我的场所，这是绝对真实的；同时，这又是绝对不真实的，因为镜子里的我在一个虚拟的空间里。所以镜子具有"乌托邦"与"异托邦"的双重属性。① 而文学中无疑也存在着真实而有虚幻的"异托邦"。作者在构建文本过程中，以自己的经验世界为背景空间，在真实空间里构建虚幻的世界。

有西方版《桃花源记》之称的《消失的地平线》② 为我们展现了一个真实世界中梦幻般的"异托邦"空间。作者把香格里拉想象成一个幸福的山谷。这个山谷隐藏在中国的西南部，是人间的乐园，是幸福、希望以及梦想的象征。在小说当中，通过主人公康维的视角和感受，为读者展现了一个物质丰盛、和平文明的东方乐园。在当时，西方人对中国并不了解，

---

① 尚杰. 法国当代哲学论纲 [M]. 上海：同济大学出版社，2008：85.
② 希尔顿. 消失的地平线 [M]. 张华君，译. 拉萨：西藏人民出版社，2010.

认为中国是一个封闭的、神秘的地方。因此，许多作家都把中国作为一个向往、憧憬的地方，成为西方的一个"乌托邦"世界，把一切美好的东西都寄托在中国这片神秘的大陆上。然而，虽然这一切的"幸福"只是西方对中国的想象，但他们心中的"山谷"确实是存在的。就像福柯所说的镜子一样，是一个现实存在的物质，只是其折返出来的效果是虚幻的。《消失的地平线》就是西方想象同时代异地空间体现着完美和谐的地方，而这也正是福柯所说的"异托邦"，一方面，中国这一地方是确实存在的，但另一方面，西方人所描述的东方乐园却是虚幻的。

文学作为一种表现作家内心世界的艺术，是建立在现实的客观世界的基础上的。作家往往通过在真实的空间里构建虚幻的情节来展现自己的情感。因此，在评论文学作品时，我们除了关注作者想象虚构的情节外，也要关注作者创作的背景，观察作者对"异托邦"中真实地址的再现以及建构。

（三）爱德华·索亚——第三空间

爱德华·索亚（一作索杰）作为美国著名后现代地理学家，以一个全新的角度认识空间问题，并在前人的基础上，提出了"第三空间"这一概念。他的《第三空间：去往洛杉矶和其他真实和想象地方的旅程》既是对当代文化的"空间转向"的追根溯源及影响探讨，又是把理论研究扩展到实践方面的一个努力。他认为，我们必须认真对待以下问题，即我们如何思考空间、如何思考诸如地点、方位、景观、建筑、环境、家园、阐释、区域、领土和地理等相互关联的有关概念。

索亚打破了传统的二元论逻辑，把空间表述为第一、第二与第三空间。第一空间的研究对象是"感知的空间"，具有客观性和物质性："它是这样一个空间，那里种族、阶级和性别问题能够同时讨论而不扬此抑彼；那里人可以是马克思主义者又是后马克思主义者，是唯物主义者又是唯心主义者，是结构主义者又是人文主义者，受学科约束同时又跨越学科。"① 第二空间则侧重于构想，是通过话语构建空间，将精神性的空间投射到现实空间当中。第三空间则是一种创造性的重新组合和拓展，是以物质世界的第一空间为基础，根据空间性的想象表征来创造一个既真实又充满想象的开放的空间。索亚把空间概述为感知的、构想的以及生活的空间，凸显了一种空间性的"三元辩证法"。

索亚的"第三空间"理论在当代都市文化研究中被引用得比较多。当然，索亚的"第三空间"理论在某种程度上受到列斐伏尔的"三元空间"理论的深刻影响，将两者互照来看，对于当代文化的"空间"意识会更加明晰。

（四）其他学者的空间理论

时间和空间作为人类生活的重要维度影响着社会生活的每一个层面，相对于时间来说，空间在一定程度上被忽略了，或者说空间常常作为我们的生活环境而潜在于我们生活的背景之中。20世纪末，文化研究和社会理论领域出现了一个引人注目的空间转向。或者说空间问题，似乎正在形成学术研究的一个新的热点，成为研究社会的一种新的视角。

吴冶平博士的专著《空间理论与文学的再现》② 一书介绍了欧美重要的空间理论及空间批评学者。除了上文介绍的列斐伏尔的空间理论（文学上的空间制造；中国现代文学史上的天安门广场；文学上的独特区域空间的生产）、福柯的空间与权力理论（空间与权力：迈向权力地理学，空间与知识：可见性的逻辑，空间哲学："异托邦"概念——女性、权力、空间和异托邦——一个文学母题）、索亚的"三种空间"理论之外，还介绍了齐美尔的空间理论（文学的再现，中国现代文学中的城市书写）、本雅明——一个

---

① 索亚. 第三空间：去往洛杉矶和其他真实和想象地方的旅程 [M]. 陆扬，等译. 上海：上海教育出版社，2005：7.

② 吴冶平. 空间理论与文学的再现 [M]. 兰州：甘肃人民出版社，2008.

"都市的闲逛者和阅读者"视角下的空间理论（现代化的代价；独特的空间体验；独特空间中的生存体验）、大卫·哈维的空间理论（后现代社会空间转换；时空压缩的经验：文学上的表征）以及卡斯特尔的空间理论（卡斯特尔网络社会理论：网络社会的兴起、网络社会的构成模式、网络社会的特殊功能、网络空间里的文学）等。

二、中西方"空间意识"的比较

中国有"天地为庐"的宇宙观，"宇"是屋宇，"宙"是由"宇"中出入往来。中国古代以农为本，农人的农舍就是他们的世界，他们从屋宇得到空间观念。从"日出而作，日入而息"（《击壤歌》），春夏秋冬配合着东南西北，由宇中出入而得到时间观念。时间的规律（一岁十二月二十四节）率领着空间方位（东南西北等）以构成宇宙。空间、时间合成着古代人们的宇宙而安顿着他们的生活，使生活从容而有规律。① 对于古代人而言，空间与时间是不能分割的。宗白华指出："中国诗人多爱从窗户庭阶，词人尤爱从帘、屏、栏干、镜以吐纳世界景物。"

中国文化品质造就了中国诗人与社会、与自然的大和谐精神，赋予了中国诗人在认知范畴、思维方式及创作表现特殊的价值和超然象外的文化品格。中国诗人具备"以大观小"的基本观察能力，对进行诗歌创作时的意象思维活动有重要作用。诗人只有进入了意象思维空间，才能进入由物到情、由情到理的无限空间进行自由对接，才能将有限的视野精华纳入合情合理的性情抒发。

西方人的空间意识，则是以追寻、控制、冒险、探索的态度对待无穷的空间，是对空间的秩序、和谐及静止的意识。恩格斯说："世界万物的存在形式是时间和空间。……因为一切存在的基本形式是时间和空间，时间

---

① 宗白华. 中国诗画中所表现的空间意识 [M] //宗白华. 艺境. 北京：北京大学出版社，1986：226.

以外的存在和空间以外的存在同样是非常荒诞的事情。"① 恩格斯的观点延续了欧洲古希腊哲学家德谟克利特以来的空间观念。德谟克利特提出了著名的"宇宙论"观点，他认为："万物的本原是原子与虚空。原子是一种最后的不可分的物质微粒。宇宙的一切事物都是由在虚空中运动着的原子构成。所为事物的产生就是原子的结合。原子处在永恒的运动之中，即运动为原子本身所固有。虚空是绝对的空无，是原子运动的场所。原子叫做存在，虚空叫做非存在，但非存在不等于不存在，只是相对于充实的原子而言，虚空是没有充实性的。所以非存在与存在都是实在的。世界是由原子在虚空的漩涡运动中产生的。宇宙中有无数个世界在不断的生成与灭亡。人所存在的世界，无非是其中正在变化的一个。"② 简而言之，在欧洲哲学与文艺史上，哲学家和文学家们更多的将时间和空间作为一个参照系，作为一种坐标，从而进行哲学、逻辑学、语言学、艺术学等学科的构建。

相比之下，中国人的空间意识则带上了浓郁的诗性智慧的色彩。中国人是用心灵去观看空间万象，是通过外物的载体而领会内在精神，将虚景与实景相结合，在诗歌上形成虚灵的、物我相融的艺术空间。在对中西方空间意识的研究上，宗白华是将中西方空间意识作为研究对象并加以分析、比较和探讨的第一人，他在这一方面的成就至今仍没有学者能与之比肩。他认为："我们的诗和画中所表现的空间意识，不是像那代表希腊空间感觉的有轮廓的立体雕像，不是像那表现埃及空间感的墓中的直线甬道，也不是那代表近代欧洲精神的伦勃朗的油画中渺茫无际追寻无着的深空，而是'俯仰自得'的节奏化的音乐化了的中国人的宇宙感。"③ 宗白华认为审美空间意识问题，集中反映了中西方不同的宇宙观、人生观，从而反映不同的中西方文化特色，乃至民族心理。

---

① 恩格斯. 反杜林论 [M]. 北京：人民出版社，1970：49.
② 梯利. 西方哲学史 [M]. 贾辰阳，等译. 北京：光明日报出版社，2014：40.
③ 宗白华. 中国诗画中所表现的空间意识 [M] //宗白华. 艺境. 北京：北京大学出版社，1986：228.

宗白华曾说过："空间感的不同，表现着一个民族、一个时代、一个阶级，在不同经济基础上、社会条件里不同的世界观和对生活最深的体会。"①"时空"既是艺术现象也是生活现象，在注重感性生命的民族传统艺术、传统文化中，它以"活泼"的直观性和日常性表征着民族生命主体博大深奥、多姿多彩、富于变化的内在世界。它生于民族文化之本，泛显于日常生活，升华于艺术世界。

在思维方式上，西方人以逻辑推理、论证为主，中国人以直觉、顿悟见长，因此，最初的时空不是纯认知的，它是在人们的感觉中形成的，时空是生命化了的感觉时空。中国人的空间意识、时空观源自于悠久传统的中国哲学，认为空间是生命的定位，空间与时间因生命而交接沟通，于是空间得以意象化、结构化。葛兆光先生认为："天地宇宙的意味一直是古人思想的中心之一……当这种'道''一'或'太一'的绝对性和终极性被确认，人们就反过来把它当成一个确定的、不言而喻的经验的基础或理性的依据，把过去实测到的、经验到的、感悟到的时空现象放置在这个'道'的下面，认定那种和谐完美的自然秩序就是'道'的无言自化。于是星辰运转与四时推移，日升月坠与阴阳变化，四面八方与天象安排，乃至社会秩序和人间道德，都是不可言说的'道'的显现，是天经地义的自然法则，是冥冥中神意的安排……无论儒者还是道者的作品，都无可怀疑地受到这套宇宙观念的影响。"②

意识形态上的影响，是中西方的空间意识不同的一个重要原因。中国社会是一个宗法性和农业性的社会，不同于西方的以"神"为中心，而是以君主家长式统治为中心的封建社会。中国强烈的宗法性使得神的光彩淡没了，被人化了。在帝王的统治下，"尘世世界"与"天堂世界"相统一，

---

① 宗白华. 中国诗画中所表现的空间意识 [M] // 宗白华. 艺境. 北京：北京大学出版社，1986：229.

② 葛兆光. 中国思想史：第一卷 [M]. 2 版. 上海：复旦大学出版社，2013：146 - 149.

帝王的生活就是令人向往的神的生活，歌颂帝王及帝王生活、拥护皇权就成了中国文艺的重要内容。这不仅是中国社会最具代表性的人生理想，也是中国社会最具代表性的美学思想。同时，也由于中国社会的农业性特点，以家庭为生产单位，生产规模小，男耕女织，自给自足，这宗法制社会和自然经济使得封闭式的自我满足精神在中国古典美学中具有了特殊的力量。"知足之足常足矣"（老子语），因而中国古典美学构成了一个以自我为中心、以自我感受为直径的既大又小的完整宇宙——其"大"而与天地精神相往来，其"小"而万变不离一个"我"。人们对于空间和生命态度不是正视的抗衡、紧张的对立，而是纵身大化、与物推移。中国人既以自我为中心，又纵身大化，与物推移，同时把宇宙与庐舍的生活联系起来去抚摩眷恋自然，于是中国人的内在宇宙节奏与外在宇宙节奏就对应起来，相契相通起来了。表现在画面诗词中，就会呈现出视线的流转曲折，"思接千载，视通万里""精骛八极，心游万仞"，用心灵的眼睛去俯仰宇宙，"俯仰自得，游心太玄"从而得以"目既往还，心亦吐纳"。

总的来说，东西方空间观念的差异是明显的。这种差异离不开中西方的传统民族文化，不同的思维方式，不同的价值观念、世界观，造成了中西方的空间意识的根本不同。到了20世纪，现代汉诗进行审美转型的时候，传统的诗学空间观念逐渐淡化，诗人的空间营造更多地向欧美诗歌学习，形成了20世纪中国新诗的新格局。

第三节　20世纪中国"空间批评"诗学理论的初步构建

在长期的中国文学与西方文学研究和文艺美学与当代诗学的研究中，时间和空间是感知世界的两个重要维度，但相比时间的主导研究，空间维度长期被忽略了，直到20世纪后半叶西方的"空间转向"运动，"空间理论"才渐渐浮出水面。空间理论的真正诞生是在列斐伏尔的《空间的生产》

出版之后。但是,其实在空间转向运动之前,空间这一重要的思维维度在一定程度上被众多人关注过,在中国的相关研究中,宗白华以西方文化艺术为参照,从中国古代文化精神和艺术成就出发,创立了中国现代美学研究中的独特研究范式,形成了丰硕的研究成果,产生了深远影响。

一、诗学空间反思与探索

一直以来,学者们研究20世纪文学时,习惯于采用时间线性研究或派别、思潮的历时性研究途径。这两种研究途径虽然描述起来简便易懂,但也容易遮蔽汉诗的整体风貌。进入20世纪后期,文艺研究在经历"语言论""认识论""人类学"等转向后,呈现出"空间转向"的新面貌,学者们纷纷将以前给予时间、历史、社会的青睐转向空间上来。空间研究在当代知识和政治发展中日益呈显学之势。在多元交织、互相渗透的后现代动态语境中以空间理论深入文学学术研究无疑是一个重要新维度。因此,"文学不再是观照世界的一面镜子……任何一种个别的叙述,都难分难解地涉及到其他的叙述空间……文学空间不再是对某种固定空间之中时间演绎的模仿、再现或表现,文学文本必然投身于空间之中,文学空间固然来自于现实空间,但同时,更重要的是文学本身就成为社会现实空间建构的重要组成。"①

目前,从"文学空间"的视野出发去研究文学的做法,已经逐渐成为一种文学研究的时尚。从国外看最早可以追溯到俄国的文艺理论家巴赫金,他成稿于1937年的著作《小说的时间形式和时空体形式——历史诗学概述》,第一次把哲学层面的"时空"体概念及方法论用于文学意义上的转义和使用。法国的雷蒙德·威廉斯1973年发表的《乡村与城市》一书考察了有关"城市"和"乡村"空间关系不断变化着的"情感结构",从16世纪

---

① 刘进."空间转向"与文学研究的新观念[J].兰州大学学报(社会科学版),2007(3).

的田园诗一直延伸到当今的全球文学。其后，克里斯丁·罗斯1988年的《社会空间的兴起：兰波和巴黎公社》，考察了兰波的诗歌道路，以及其他很多文化生产；另外，迈克·克朗在1988年出版的《文化地理学》中以"文学景观"为题，辟专章讨论了文学中空间的含义，认为文学，诸如小说、诗歌、戏剧、传奇等，都体现了以不同方式进行的对空间进行阐释的努力，文学景观是"文学和景观的两相结合"。

在国内，对于空间理论的研究相对来说尚处在起步阶段，主要是一些学者对外国理论家的相关论述的译介。著作方面，主要有包亚明主编的《后现代性与地理学的政治》和《现代性与空间的生产》、王文斌翻译的《后现代地理学》等，主要是从社会学角度对空间理论进行翻译和介绍。而运用空间理论来对文学进行研究的工作目前在我国还比较少，主要有阎嘉主编的《文学理论精粹读本》，其中专门介绍了"空间批评"；朱立元主编的《当代西方文艺理论》2005年的增补版也增加了由陆扬所写的《空间理论》一章。可以说，空间理论作为一种新的理论范式正在逐渐被我国学术界接受，对社会学理论、城市研究、文化研究以及文学研究等都产生了影响。进入新世纪，传媒诗学与文化传播模式嬗变问题日益引起国内学者的兴趣和关注，国内知名学者如王岳川、欧阳友权、金元浦、黄鸣奋等人侧重对传媒与消费社会、公共空间、文化及权力话语、全球一体化的文化意识编码、媒体的狂欢等做了多维度、多层面的探讨，但专门针对现当代汉语诗歌采用"空间视域"进行研究的著作不多，姜涛《新诗集与中国新诗的发生》、张桃洲《现代汉语的诗性空间——新诗话语研究》部分采用了现代汉诗的"空间性"理论进行研究，是这方面具有代表意义的创新之作。

从目前在"中国期刊网"能检索到的论文来看，当前已有的涉及汉诗及其文体的空间化研究的一般性论文约190篇、硕博毕业论文15篇，如杨有庆的《空间诗学——对后现代文学活动的空间化研究》、卢桢的《现代中国诗歌的城市抒写》等。专题论文还有：周云鹏的《新诗诗性空间的开拓

（1917—1937年）》、敬文东的《二十世纪后半叶中国文学的"空间主题"》、沈天鸿的《时间、空间与诗》等，还包括《江西社会科学》的学术专栏"文学地理学：文学研究向空间维度延展"等。这些作品或理论研究，一方面承认了"文学空间"的合理性，对研究对象进行历时性的空间研究或者是对某一类型的文学体裁进行空间研究，但另一方面，缺乏将现代汉诗看作一个整体系统进行共时性空间思考和阐释，也没有对其多维审美空间的研究和观照。因此，本课题基于后现代文学活动的空间化，力图从"文学空间"的维度，即从与时间的历史性向度相对的一种共时性的视角出发，对一直以来以时间、流派为尺度建立起来的那种文学观念进行"空间还原"。具体地说，就是把研究的重心从以往的历时研究转移到现在的共时研究上来，以一种横向超越的方式对后现代语境中的现代汉诗的基本问题进行思考。

二、文学空间的多元化构建

20世纪中国文学研究一直存在着"理论缺失焦灼症"，而"空间批评"作为当代学术的一种新颖的理论尺度和方法论，有必要引入文学研究尤其是诗学研究。空间理论以空间区域（有形和无形）为模块，补充或者改变传统上以时间、派别、思潮为轴心的诗歌史研究，提供一种新颖的理论视野和批评方法，更全面、更细致地理解现代汉诗，因为"空间批评"理论蕴含着哲学思维范式的嬗变与诗歌美学理论概念的焦点转移，为中国诗学特别是20世纪文学研究提供了新的观照可能和问题框架。

构建文学空间的理论，探索"空间诗学"，所要进行的工作有以下几个方面。

首先，确立"文学空间"理论及其"空间视域"的内涵和外延。"空间理论"的内涵在于，"文学作品不只是简单地对地理景观进行深情的描写，也提供了认识世界的不同方法，揭示了一个包含地理意义、地理经历和地理知识的广泛领域。将文学评价成'主观的'恰恰遗漏了这个关键问题。文学是社会的产物，事实上，反过来看，它又是一个具有重要意义的社会发展过程"①。而进入文学场域后，"空间理论"进入文学研究而形成的"文学空间"理论即"空间诗学"，就从外在表现上被学者界定为三个彼此联系并逐层递进的"文学空间"层次，即以"文学地理学"为中心的现实关系层次，以"文学场"为中心的文本空间层次和以"文本互文性"为中心的审美文化层次。"文学地理学"涉及地域诗歌与诗歌的地方流派和地方诗群；"文学场"涉及诗歌的城乡、东西、内地与港台等诗歌空间；"文本互文性"则主要涉及诗歌的风格、哲学等诗学批评的文化伦理问题。

其次，具体分析"空间诗学"所采用的具体批评手法，从更实际的意义上说，就是普遍的"空间诗学"如何应用于特殊的现代汉诗研究，如"文学空间"三要素（背景、场景、场面）、三类型（意象型、幻象型、意境型）原理在诗歌创作论和鉴赏论中的审美和批评价值，以及"空间视域"在诗歌文体批评方面的独特性应用优势。

再次，以现代汉诗为基础，追溯古典诗学的艺术空间理论，打通古代诗学话语和现代诗学理论之间的藩篱。古代诗学的空间意识，不仅在"言—象—意"三者之间展开，也在从"意象—意境—境界"三者之间展开，构建了我国诗歌审美空间的经纬。古典诗歌的"养气"说、"胸中有丘壑"说、"外师造化、中得心源"说，以及郑板桥的"眼前之竹—胸中之竹—手中之竹"理论，都不同程度地从创作主体、创作技巧、作品构成或艺术鉴赏等角度，涉及文学艺术的审美空间的创造方式。这也是我们审视20世纪诗学与古代诗歌之间脉络发展问题的一个主要途径。

最后，在空间批评理论的指导下，通过细致的文本阅读、比较与举证，分别探析现代汉诗在语言、题材、情感、意象、意境、哲理等六个层面对

---

① 克朗.文化地理学：修订版［M］.杨淑华，宋慧敏，译.南京：南京大学出版社，2005：72.

古典诗歌以及西方现代诗歌的继承、突破和创新。20世纪现代汉诗这种文体在这六个方面开拓了新的诗歌书写空间。

三、诗学空间的艺术探索

20世纪中国文学，尤其是伴随着"白话文运动"而蓬勃兴盛的现代白话诗歌，始终伴随着政治和革命的车轮，从一开始就烙印上了民族、民主和民生的痕迹，在神州大地上进行了无数次的思考、探索和斗争。因而，从内容层面看，诗学空间探索如果以20世纪诗歌，即现代汉诗为研究对象，那么就必须具体解决以下这些诗学及相关文体问题。

第一，现代汉诗的地域空间论。这是空间诗学的最直接、最本源的问题所在。因而，所要讨论的对象，一是包括乡土诗歌与都市文学中的空间话语异同，如黄礼孩等主编的《出生地：广东本土青年诗人作品》和《异乡人：外省青年诗人作品》诗集影响深远而广泛。二是"西部文学"及"西部诗歌"对于文学空间的拓展，其中纠缠着诸多地域主义、民族主义等复杂情怀。三是"诗分南北"观念从古代到当代的发展脉络。从颜之推《颜氏家训》中的"诗分南北"一说提出后，这种观念一直在古代文学中颇有流传，南方婉约而北方刚健的诗风的认识得到了认可，在"京派""海派"文学的对比与研究中也有一定呈现。四是在20世纪末期，"打工诗歌"在当代诗坛中的独树一帜，开辟了"当代诗史"（杨克语）。五是港台诗歌的审美空间拓展，尤其是台湾诗歌中的乡土情怀的抒发。六是"文学空间"理论视域观照下的古典诗歌研究取得了新突破，并以新面貌呈现在现代学术版图的"坐标"中（如"唐诗地理""地域文化与唐代诗歌"的研究等）。这种"诗歌地理学"的理论范式也反映在现代汉诗的"版图"研究中。

第二，现代汉诗的个体与公共空间论。个体空间是作家和读者个人的、私隐的空间，是艺术的、生活的、情感的自我空间。而公共空间是群体的、国家的、政治的空间，是泛化的、开放的、革命的广场空间。因为 20 世纪中国的独特历史阶段，因而个体空间与公共空间存在着契合、疏离、矛盾和对抗。因而，涉及的具体问题包括：一是分析现代汉诗对于"个体空间"（私人的、隐秘的、艺术的空间）的尊重，强调和突出个体情感在诗歌抒情中的"在场"，以及 20 世纪诗歌中个体抒情对于传统诗美的继承和发扬；二是分析现代汉诗对于"公共空间"（大众的、革命的、政治的空间）的参与，通过文本细读来展示现代汉诗在 20 世纪中国革命进程各个阶段的历史性使命（"启蒙""救亡""革命""自由"等）；三是分析现代汉诗在个体和公共空间中的游走、对抗、妥协等，反思现代汉诗的"公共空间"对于"个体空间"的侵蚀、干涉和占领，以及现代汉诗的先天不足和艺术缺失。

第三，现代汉诗的传播空间论。传播空间是诗歌或文学赖以存在、发展的物质通道，在很大程度上决定着诗歌的生命力。因而，必须着力于探讨民刊、选本、诗集、论坛等传播空间的内在逻辑以及建构作用。这个方面，大约需要深入挖掘的问题有六个方向：一是文学期刊和杂志、报纸等传统媒体中的汉诗传播（如《星星诗刊》《羊城晚报》"花地"副刊等）；二是个人诗集和诗群诗集的传播（如艾青《归来者的歌》、黄礼孩《一个人的好天气》及《东莞青年诗人 30 家》等）；三是诗歌民刊的传播（如黄礼孩主编的《诗歌与人》及《大象诗志》《九月诗刊》等刊物）；四是诗歌选本传播（如杨克主编的《中国新诗年鉴》、王光明主编的《年度最佳诗选》等）；五是诗歌论坛的传播（如"诗江湖""诗生活"网站等）；六是理论专刊中的汉诗传播（如黄礼孩《诗歌与人》的"完整性写作"专刊等）。这六种传播途径共同构建了现代汉诗的物质化存在和传播空间。

第四，现代汉诗的接受空间论。按照陈文忠先生的意见，人们对经典文本的接受可区分为相互联系的三个维度：作为普通读者的纯审美的阅读欣赏（效果史）、作为评论者的理性的阐释批评（阐释史）、作为创作者的摹仿借用（影响史）。① 现代汉诗的接受空间就由欣赏审美空间、阐释批评空间和影响创新空间组成。除此之外，我们还要探讨现代汉诗在港澳台地区和海外空间的接受问题。因为现代汉诗在中欧、中印、中美等文化交流中具有"空间互涉"的能力，即由于现代汉诗在域外文学空间中的传播和接受而引发的多种诗学问题。

由此可见，在"文学空间"理论视域中，采用不同于时间、派别的空间视野（也会比照思潮和流派），审视现代汉诗在体式、题材、风格、传播、接受等空间领域所进行的突破，我们会发现它对于20世纪中国文学，特别是现代汉诗研究所起的重要作用。

20世纪中国文学的研究已经获得了较大成就，但是历时性的阐述模式过于机械，缺乏空间性、逻辑性，也存在着诸多的争议与缺陷。因为文学的创作并非完全按照因果律进行，而是充满着"天才式"、灵感型和偶然性的创作。文学的研究，必须在传统的历时性思潮、流派等研究基础上，引入新的"空间批评"理论。近百年来，我国文学的形式、题材、形象及其所处的文化、社会、时代环境等等都出现了空间上的巨大迁移和变化，因而以"空间批评"理论重构20世纪文艺学的理论体系是值得尝试的学术探险。

综上所述，空间不仅是学术研究的坐标和维度，空间也渗透着浓密的情感和智慧。因而，当代诗学"空间批评"存在着较高的研究价值和意义。

---

① 陈文忠. 20年文学接受史研究回顾与思考 [J]. 安徽师范大学学报（人文社会科学版），2003（5）.

第二章

文体空间的诗学要素

从物理学意义上看,空间是物质存在的一种客观形式和外在凭据。在哲学上,空间是指代表目标事物的概念范围,是横向情感与纵向理性交织形成的多层次、多维度构成。就文学批评而言,"文学空间"是从内容与形式的角度,更具体地说是语言、题材、情感、意象、意境、哲思这六个方面构建起来的,因而文学层面的"空间批评"理论也是从这六个小层面进入文本分析的。

第一节　古代诗歌文体的书写空间

诗歌的书写空间,不是各种实体的简单积叠,而是表现为能被直接感知的"空间感",这种"空间感"既包括文学上对空间情感与理性的阐释,又表现为一个个用来构建诗歌的意象、思维及情感等要素上。诗人对于诗歌这种"空间感"的书写,正是建立在诗歌各要素组合的基础上,进而丰富意象、开拓意境、深化情感,为诗歌提供广阔的审美空间。

一、语言的空间

南北朝时期著名的文学理论家刘勰说过:"日月叠璧,以垂丽天之象;山川焕绮,以铺理地之形。"① 物象之美唤起人们对宇宙空间的无限想象。地理实在空间与心灵虚幻空间相关联,物理世界与精神宇宙相交融。唐宋时期文学创作中的"空间"意识通过文本语言的空间形式、音律节奏以及表现手法得到很好的诠释。

首先,中国古代文学到了唐代再次得到了长足的发展,律体诗经由初唐沈佺期、宋之问之手最终得以成熟。律体诗的创作对字数、押韵、对仗和韵律等方面都有非常严格的要求。在律体诗形成的漫长过程中,从梁陈以迄初唐,出现了不少专门探讨声律和对偶的著作,形成了"盛谈四声,争吐病犯,黄卷溢箧,缃帙满车"② 的局面。其中初唐时期比较著名的,有上官仪的《笔札华梁》、元兢的《诗髓脑》、崔融的《唐朝新定诗体》。虽然它们均已亡佚,但一部分内容仍为《文镜秘府论》等图书所征引。从这些征引中可以看出唐人如南朝人一样,非常重视对偶。他们还从创作实践中总结出种种对偶格式,以求对偶切当。《文镜秘府论·东卷·二十九种对》举出的格式多至二十九种,其中即包含上官仪的说法在内。注重对偶是我国古代诗文创作和批评的特色之一,体现了诗人和批评家对于文学语言空间形式美的高度重视。

到了晚唐五代,词开始出现,并开始产生广泛的影响,直到宋代蔚为大观。词这种文体虽然不像律体诗一样讲究繁复的对仗和韵律,但是词在古代是可以配乐来演唱,由此可见,词本身也具有一种空间节奏。

其次,文人在进行文学创作时有意识地运用空间名词、地理术语和天文

---

① 刘勰. 文心雕龙注 [M]. 范文澜,注. 北京:人民文学出版社,1958:18.
② 弘法大师. 文镜秘府论校注 [M]. 王利器,校注. 北京:中国社会科学出版社,1983:9.

符号等来表示空间的存在,但这些符号不仅仅是符号,还富含诗人自身的人生寄寓。如沈佺期的《和上巳连寒食有怀京洛》:

> 红妆楼下东回辇,青草洲边南渡桥。
>
> 坐见司空扫西第,看君侍从落花朝。

金圣叹评曰:"故用'东'字、'南'字、'西'字作章法,读者心头、眼头便有争流竞秀之观,真为奇绝笔墨也!"① 中国诗中的东西南北,不是单纯的地理方位,而是有意味的符号,空间的展开,同时也即是生命的展开。同样,在杜诗中极易发现东西南北辐射结构的空间美②,如其《同诸公登慈恩寺塔》:"七星在北户,河汉声西流。"北斗七星在北方天空,而银河到了秋季就会渐渐转向西边,似向西流去。银河、北斗,展开了由北到西的广阔天空,而后是地面的空间:"秦山忽破碎,泾渭不可求……回首叫虞舜,苍梧云正愁。"渭河由西而来,在长安以西;泾河从北而来,在长安以北,与天上的空间样式形成对称。秦山即秦岭山脉,在长安以南,苍梧即舜所葬之处九疑山,空间向南延伸得更深远。这样一个从天上到地下,同时向西、向北、向南辐射开去的扇面空间,充分表达了诗人登塔时百忧交集的内心世界。后期的杜诗,忧患更为深重,故诗境尤为阔大,最典型的是《登岳阳楼》:

> 昔闻洞庭水,今上岳阳楼。
>
> 吴楚东南坼,乾坤日夜浮。
>
> 亲朋无一字,老病有孤舟。
>
> 戎马关山北,凭轩涕泗流。

前人对此诗的评语,多着眼于空间感,如"吴楚、乾坤,则目之所见,心之所思,已不在岳阳也"(冯舒);"杜作前半首由近说到远,阔大沉雄"(查慎行)。"吴楚"一联,不仅以空间方位的巨大张力作心理情感的媒介,

---

① 金圣叹选批唐诗[M].金圣叹,评.杭州:浙江古籍出版社,1985:8.

② 肖舒.论杜诗中的地方感[D].南昌:江西师范大学,2012.

而且"坼""浮"二字皆暗示了动荡感、悲凉感。诗中视界为放射状，天地有多宽，诗人的忧思就有多宽，这正是诗人杜甫那海涵地负般悲剧性胸襟的对象化。

再次，唐宋时期文人在文学创作中运用了大量的艺术手法来营造一种空间感。如李白《送孟浩然之广陵》：

故人西辞黄鹤楼，烟花三月下扬州。

孤帆远影碧空尽，唯见长江天际流。

诗中"辞""下"两动词衬"由近而远"的空间变化，"孤帆"衬"碧空"的空间展开，"流"字衬变动不居的送别友人时的复杂思想感情。此类诗歌的空间展开表现为由近而远、由点而面。如李白《早发白帝城》：

朝辞白帝彩云间，千里江陵一日还。

两岸猿声啼不住，轻舟已过万重山。

空间在天上彩云、江上轻舟、地上白帝、千里江陵、重山两岸之中变化，诗人的心理也在不住哀鸣的猿声里经历着生命空间的位移所带来的居无定所、漂泊流浪的沉思。一个"已"字貌似说舟快，实际在物理空间的迁移中暗示着生命空间、心理空间的感喟情怀。此类诗歌的空间展开往往表现为通过诗人的物理空间位置的移动来表现心理空间的变化，以展示情感的波动曲折。再如柳宗元《江雪》：

千山鸟飞绝，万径人踪灭。

孤舟蓑笠翁，独钓寒江雪。

从千山万径之远大到孤舟渔翁之微渺，将如雪高洁的精神寄寓在天虽寒而亦能坚守人格的"独钓"的辽阔心境之间，将整个天地尽收在一"钓"字的动势里。此类诗歌的空间展开往往表现为由远而近、由大而小、由景而情、由形而神的艺术特征。

除此之外还有游览周目、俯观仰察、虚构想象等手法可以用来表现"人制取予"的空间观念，以实现更高程度的内外宇宙的"天人合一"。

二、题材的空间

在唐宋诗歌中,无论哪种题材,诗歌所表达的思想感情以及诗歌中的意象、意境在一定程度上都体现了空间观念。

(一) 豪情与空间意识

很早之前,诗人就已经运用山川水秀来寄托自己的感情,在游山玩水之间,在登高观赏之际,空间观念就已经存在于诗人的心中了,这山水,这天地,无不是诗人抒发情感的寄托。"日月叠璧,以垂丽天之象;山川焕绮,以铺理地之形。"地理景象之美唤起了诗人心中的无限感情,诗性、人性、物性亦在真实空间与情感空间的汇聚里展现出来。唐宋诗歌在表现空间观念时强调人与空间环境的和谐统一,空间观念在情感中体现出来,而情感又寓意于空间当中。

诗人们豪迈的感情抒发,连带着诗人心中的空间观念也变得广阔高大起来,诗人的情感通过空间中的形象,贯通天地,连接宇宙,表达广阔的空间观念。如唐代刘禹锡《秋词》"晴空一鹤排云上,便引诗情到碧霄",在晴空与碧霄笼罩的无限空间里,一鹤排云,自下而上,连贯天地,正直洒脱、豪放不羁之情充满内心进而充满天地间。正因为诗人的这种豪迈之情溢出于怀,才使得诗歌中的这种天与地的空间变得无穷广阔而具有诗情画意。再如李白诗句"飞流直下三千尺,疑是银河落九天",写的是瀑布的空间动态和空间尺度,"三千尺"体现的是"飞"的空间形态的阔大,同时又体现山的高;"落九天"则体现了云烟雾霭,瀑布从云端飞流直下,临空而落,气势磅礴的空间景象。这些诗歌无不表达了壮心不已的空间意识。所以宗白华说:"俯仰往还,远近取与,是中国哲人的观照法,也是诗人的观照法,表现在我们的诗中画中,构成我们诗画中空间意识的特质。"[1]

---

[1] 宗白华. 美学散步 [M]. 上海:上海人民出版社,1981:111.

空间观念在诗歌中的表现非常之多,很多诗人借用天地、山水等景象表达了情感与景象和谐统一的空间意识。这种空间意识在一些观光旅行诗中表现得比较多,大多表现了诗人的雄心壮志、想要与天地合二为一的空间观念。苏东坡的《题西林壁》"横看成岭侧成峰,远近高低各不同",从不同的角度观看山峰,山峰呈现的空间状态也不一样,诗人的情感也因此而有所不同;杜甫的《望岳》"会当凌绝顶,一览众山小",遥望远处的山,山中云气层出不穷,心胸为之荡涤,因而产生了登临峰顶之意愿,表达了诗人敢于攀登之雄心,显示出他远大的政治抱负和赞美祖国美好河山的空间意识。再如杜甫《旅夜书怀》"星垂平野阔,月涌大江流"写天地空间广袤无垠之静,奔腾不息之动,视野阔大,胸襟坦荡;而"飘飘何所似,天地一沙鸥"情感急转直下,由雄浑而苍凉,空间亦由阔大而集中聚焦于一沙鸥身上;空间意识随情感的转化而急剧变化,是因为"名岂文章著,官应老病休"的爱国忧患意识转化在时空之间,情感在与空间意识的互动融合中得到了升华。

(二) 悠然与空间意识

唐宋时期的诗歌繁荣,除了有很多的豪情壮志的诗歌题材,还有很多隐居于山林田园、怡然自得的山水田园诗。这些诗歌大部分是诗人遭遇谪贬之后无意于仕途,或者是壮志难酬从而归隐于田园而作的,也反映了诗人归隐且远离尘世的一种自由自在、淡泊名利的心态。诗歌当中所描写的清秀幽雅的田园风光、恬静自然的农耕生活也体现了一种悠然的空间意识。这是一种关注内心活动的空间观念,这种悠然自得的心态也造就了悠然自在的空间意识。① 中国诗人、画家确是用"仰俯自得"的精神来欣赏宇宙,而跃入大自然的节奏里去"游心太玄"。晋代大诗人陶渊明也有诗云:"俯仰终宇宙,不乐复何如!"放下一切尘世的束缚,回归自然和田园,心中不

---

① 宗白华. 美学散步 [M]. 上海:上海人民出版社,1981:98.

汲汲于功名利禄和富贵，也就使得诗人的视野和心胸变得开阔起来，诗歌中的空间观念也自然而然变得空旷起来，在这种由心灵和自然共同造就的空间里，一切都变得清新自然。

晋代是中国山水情绪开始与发达时代，陶渊明、谢灵运、谢朓等诗人是山水诗歌的典型代表。东晋诗人陶渊明作为开创田园诗的第一人，早年怀着"感物愿及时"的理想步入社会，但政治风云的变幻莫测、腐朽官场的尔虞我诈、世俗生活的浑浊混乱，让他不堪忍受，终于使他回到了自然田园的怀抱。《归园田居》是他归隐田园的代表作，诗从开头到"守拙归园田"八句，写其退隐归田的想法，表露自己与世俗不合、热爱自然、崇尚真朴的性格。他把求取功名、进入仕途看作是"误落尘网"，一个"网"字，包含了他对虚伪的、束缚人们精神的官场生活的极度厌恶和否定。诗人借"园田"与"尘网"两个空间的对比，写出了从樊笼中解放的愉悦。在"采菊东篱下，悠然见南山"的生活环境中，诗人追求朴素、自然的心态和自然的田园风光融合在一起，形成了人与自然和谐统一的空间意识。

而晋末宋初诗人谢灵运则是中国文学史上创作山水诗的第一人。谢灵运喜爱游历山水，他在诗歌中描绘旅途中亲见的客观而真实的自然山水，大大发展了山水诗的创作，也在一定程度上体现了山水诗中蕴含着的空间观念。如《登江中孤屿》中的"云日相辉映，空水共澄鲜"，《登池上楼》"池塘生春草，园柳变鸣禽"，还有《过始宁墅》中的"白云抱幽石，绿筱媚清涟"等，从"云、日、水、幽石"等景物的生动描写中，可以感受到诗人对自然风光的喜爱以及游山玩水的悠然自在，从而体现出山水诗中的高远、自然的空间意识。

受晋代山水田园诗的影响，唐宋的山水田园诗发展迅速。由于诗人们在政治上遭遇挫折，或思想上受佛、道影响，隐居田园、山林，山水田园之吟咏成为他们陶冶性情的最佳方式。同时，诗人们把感情寄托于山水田园之中，看透官场黑暗和腐败，回归田园，田园优美的自然风光就成了他们歌颂和赞美的对象，也营造出了清新脱俗的空间感觉。如唐代诗人王维的《鸟鸣涧》："人闲桂花落，夜静春山空。月出惊山鸟，时鸣春涧中。"这首诗通过花落、月出、鸟鸣等动态意象，以动制静，一个幽静的山谷空间形象就凸显出来了。这种静谧的空间与诗人此时淡然自在、悠然自得的心态紧密地结合在一起了。再如《渭川田家》：

> 斜阳照墟落，穷巷牛羊归。
> 野老念牧童，倚杖候荆扉。
> 雉雊麦苗秀，蚕眠桑叶稀。
> 田夫荷锄至，相见语依依。
> 即此羡闲逸，怅然吟式微。

这首诗描写了美好温馨的乡村田园生活，"墟落""穷巷"等固定的村落空间，激发了诗人归隐平静悠闲的田园生活的心情。因此，诗人想要隐居的情感和空间意识形成一致的方向，和诗人的情感产生了共鸣。

唐宋时期的山水田园诗已经达到了物我交融的境界，即空间景物和诗人情感达到了自然空间和心灵空间的融合。如孟浩然《过故人庄》"故人具鸡黍，邀我至田家。绿树村边合，青山郭外斜"，通过对田园风光的空间描写，体现出诗人对这种田园生活的向往和追求；还有韦应物《怀琅琊深标二释子》"白云埋大壑"，李清照的"水光山色与人亲"，欧阳修的"醉翁之意不在酒，在乎山水之间也"等。在山水田园诗中，诗人通过空间景物的描写，借以抒发个人悠然自得、向往田园生活的情感；而情感又推动了诗人对"空间"的"发现"，使得空间意识随着情感的变化而拓展，情感和空间观念融合在一起。

（三）思乡与空间意识

唐宋时期的诗人们因当官或遭谪贬，或出游在外、从军在外等原因，不得不离开家乡到外面谋生。空间的转移触发了诗人的思乡愁绪并形成了空间意识，从家乡到现在所处的环境，这是一种睹物思乡的空间意识。在这些思乡的诗歌当中，除了有空间地域的转移，还有各种空间的变化，从而使得思乡情绪也变得更加浓郁。

如北宋王安石《泊船瓜洲》："京口瓜洲一水间，钟山只隔数重山。春风又绿江南岸，明月何时照我还？"空间景物的变化从城池到江水，从近山到远山，从江岸到绿树，从地面江水到空中明月，从异乡到故乡。随着眼中景色的变化，在抒情和感受风景的同时传达了时节流转中的双重空间意识，一是解甲归田返乡之"还"；二是重回庙堂，再施变革的"还"，空间意识随感情的变化而含蓄深远。

再如王昌龄《从军行》"青海长云暗雪山，孤城遥望玉门关"，长云在空，将相距遥远的青海湖与祁连山统摄在同一个诗歌空间，孤城与玉门关本是一体，却妙用一"望"字，尽显形影相吊的孤独苍茫意味，也形象地表现了浓烈的思乡情绪。也只有这样强烈的乡愁，才会使诗人写出这样具有空旷、孤独的空间观念的诗歌，无论是在哪个朝代，具有这样空间意识的诗歌总能引起人们的共鸣。

在外不能归的游子，在寂寞的傍晚，看到一些空旷的景象，总是特别能引起他们的乡愁。像唐代张继的《枫桥夜泊》"月落乌啼霜满天，江枫渔火对愁眠"，"落月、啼乌、满天霜、江枫、渔火、不眠人"，这些意蕴深长，且带有忧愁的象征意义的景和物，造成一种天地之间空荡、寂寥的空间景象，既描写了秋夜江边之景又表达了作者思乡之情。"姑苏城外寒山寺，夜半钟声到客船"，钟声缥缈，连接山、寺、僧与江、船、客，又都在夜色之中包容于同一时空，将空间景物全部呈现在同一个画面里，从而使诗歌的空间意味含蓄隽永，空灵旷远，回味绵长。再如王维的《使至塞上》"大漠孤烟直，长河落日圆"，画面开阔，意境雄浑，"孤烟""落日"在空旷的大漠上孤独寂寞地存在着，使得整个天地之间更加寂寥和广阔；而一个"圆"字，一个"直"字，不仅准确地描绘了沙漠的景象，而且表现了作者深切的感受，诗人把自己的孤寂情绪巧妙地溶化在广阔的自然景象描绘中，凸显了空旷和孤独的空间意识。

总之，在唐宋诗歌中，还有很多从各个方面体现空间观念的诗歌，本节主要是从唐宋诗歌中所表达的情感出发，从诗人的豪情壮志、归隐的怡然自得以及在外不能回的思乡情感三个层面去解读和展现一种深邃而生动的空间观念，体现了人和自然空间的和谐统一，反映了中国古代的人们对自身、对社会和对生命的感悟和追求。而且，通过对唐宋诗歌的解读，展示其内在蕴含着的情感和空间意识的关系，对深入诗歌中的空间观念有着重要的意义。

三、情感的空间

诗歌的意象和意境的书写最终只有一个目的——情感表达。诗歌的物理空间给我们描绘的是一个个场景，是诗人向读者展示的眼中世界，而这些景物聚在一起给我们提供了一个有界线的物理空间，让我们在这范围内感受意境的氛围，找寻诗人隐藏其中的感情。

在诗中，"情景互动"，情感随着物理空间的转变而变化，物理空间和感情空间的相互交融使得诗歌的层次变得丰富，具体而言，有以下几种表现形态。一是用开阔的景色空间，展示诗人心中的大情怀或是豁达的胸怀。如"白日依山尽，黄河入海流"展现出夕阳西下、黄河东流的壮阔远景，"依"和"流"这两个动词的点缀使整个画面具备了生机，彰显出此画面的气势，同时也是"欲穷千里目，更上一层楼"的积极向上的精神力量的源泉。诗人运用高远空旷的景色来吟唱自己开阔的胸襟和抱负，同时也使诗歌的情感上升到一个新的层次。二是用空旷的景色衬托心中的郁闷惆怅。如"风急天高猿啸哀，渚清沙白鸟飞回。无边落木萧萧下，不尽长江滚滚来"，这里写登高的见闻，站在高处看天空之高，感受风之猛烈，两岸猿啸哀鸣，鸟在水上回旋飞舞，萧萧而下的落木，滚滚而来的江水，这景无不显示空间之空旷，而在这空旷之下，隐隐透露出诗人心中的愁苦，像是再大的空间也装不下自己的郁闷。"万里悲秋常作客，百年多病独登台。艰难苦恨繁霜鬓，潦倒新停浊酒杯。"诗人年老多病，流落他乡，加之国难家愁，前面的一切景色也被他的孤寂感染，愁思如落木，如流水，无穷无尽，使得情感空间不断延伸。三是从大景色聚焦小景物，情感空间也逐渐缩小，情景相映。如"星垂平野阔，月涌大江流"，星星低垂，平野空旷，月随波涌，大江东流，这景雄浑阔大。而后面"飘飘何所似，天地一沙鸥"，这里由空旷的景色转到一只沙鸥身上，景色范围缩小，诗人的情感空间也随之变小，借沙鸥感怀身世，表达自己内心飘零不定、无依无靠的伤感。以上例子中情景相映，通过景色层层推进诗人情感，丰富诗歌空间的层次感。

此外，"情随景移"，以移动的视线去展现眼中的景色，进而表达出感情随着景色的不断变化。如《送孟浩然之广陵》中"孤帆远影碧空尽，唯见长江天际流"，以诗人站立三处为基点，眼光随"孤帆"移动，视野一直向远处延伸，直至水天相接之处，船影消失，独剩流向天际的江水。诗人的情感随着船移动渐渐变得惆怅。又如杜甫《望岳》"造化钟神秀，阴阳割昏晓"，这是描写诗人近望泰山秀丽和巍峨的景色，接下来"荡胸生层云，决眦入归鸟"是细望，山中云烟萦绕，飞鸟归林，可见诗人对泰山之景的热爱，最后诗人还要"会当凌绝顶，一览众山小"，感情再次深入，诗人觉得要登上高峰，俯瞰众山才能将美景尽收眼底。这里诗人的感情随着他对泰山的观望层层深入，也一步步拓展了诗歌情感空间的层次。

四、意象的空间

意象是中国古典诗歌美学的载体，更是中国传统美学价值的精华。"刘勰在其《文心雕龙·神思》中有'独照之匠，窥意象而运斤'，即诗人以审美意象构筑其艺术世界。'登山则情满于山，观海则意溢于海'，它是在情感的驱动下产生与变化的，也就是托意于象，以象言意。明何景明在《与李空同论诗书》中也论及了意象问题：'夫意象应曰合，意象乖曰离'，指出'意之象'就是诗人之意所赖以寄托的物象，以及意与象的契合与否的艺术效果。"① 由此可见，"意"与"象"相互交融，"象"是被赋予了意义的现实物象。诗人利用意象进行诗歌空间的界定，为我们框定一个满装着情感的物理空间。

"如果我们把一首诗看成是一座大厦，或一座亭榭，那么，诗中的种种就是构成这些建筑的砖石、木质构件。"② 也就是说，意象勾画出诗歌空间的轮廓，诗人根据所见之物或所想之情选取意象，从而构成诗歌空间。由于在意象选取和组合上的不同，也就形成了不同的诗歌物理空间和情感空间。"从意象的存在形态，分为单象意象，多象意象，组合意象，意象群等四类。"③ 以下将从意象存在形式的这四类进行分析。

1. 单象意象：以一个意象作为引导，将其指向的空间连接起来，并带领人们的视野和情感走进这意象空间。如："床前明月光，疑是地上霜。举头望明月，低头思故乡。"在李白这首脍炙人口的诗歌中，运用了"明月"这一意象来创造诗歌空间，"明月"作为一个定点，连接诗人"抬头望明月"之际所在的空间与"低头"之际想起的"故乡"，借助一轮明月，空间在诗人的抬头与低头之间进行转换，同时诗人的情感于这两个空间之中流转，从孤寂自怜到思念故乡亲人，自然不突兀，诗歌空间得到了很好的拓展，使诗人的情感表达更为灵动。

2. 多象意象：以"人"作为诗歌的主体，以其视野为线索，串起视野范围内的多个意象，勾画出诗歌的物理空间和情感空间。如："横冈下瞰大江流，浮远堂前万里愁。最苦无山遮望眼，淮南极目尽神州。"此诗中，我们跟随诗人登上了江阴浮远堂，居高临下地俯瞰祖国的山河，诗歌的物理空间也由此变得宏大，而后诗人一反常态"最苦无山遮望眼"，面对这开阔

---

① 周星. 意象的审美意蕴和情感空间在古典诗词中的呈现 [J]. 通化师范学院学报，2006 (5).
② 严云受. 诗词意象的魅力 [M]. 合肥：安徽教育出版社，2003：231.
③ 屈光. 中国古典诗歌的意象论 [J]. 中国社会科学，2002 (3).

的空间却无奈没有群山来挡住视野以缩小这空间，诗人对空间的态度转变预示着诗人的情感也变得更为强烈，面对被践踏的国土，愁思顺着流水，奔腾不息，情感空间就这样随着流水不断延伸。又如："孤帆远影碧空尽，唯见长江天际流。"诗中的视野跟随"孤帆"一直向远处延伸，直至船影消失，只剩流向天际的江水。"孤帆""碧空""长江"简单的几个意象放在一起就给了读者一个具有画面感的物理空间，同时也让我们感受到诗人对友人的情感之深刻，以及情绪的变化。

3. 组合意象：通过多个意象的组合来形成一个整体意象，而此整体意象负责构建诗歌空间。如："银烛秋光冷画屏，轻罗小扇扑流萤。天阶夜色凉如水，卧看牵牛织女星。"诗歌运用多个意象——"银烛""秋光""小扇""流萤"为我们描绘了一幅深宫生活图：一个秋天的晚上，蜡烛摇曳的微光，给屏风上的图画添了几分暗淡而幽冷的色调，庭院里，宫女用小扇扑打流萤，夜色已深，寒意袭人，而宫女却坐在石阶上观赏牵牛星和织女星。这几个意象的组合呈现，令我们仿佛也化身成了那个宫女，置身于皇宫无尽的阴冷和孤寂中，只能靠"扑流萤"来打发心中的郁闷，也只能白白地羡慕"牵牛织女星"。诗歌《过香积寺》也是通过多个意象组合来勾画诗歌空间："古木无人径，深山何处钟。泉声咽危石，日色冷青松。"这里的意象就是诗人寻找"香积寺"的路上所看见的风景，每一个风景各司其职，共同营造出一个寂静的山林之境。"薄暮空潭曲，安禅制毒龙"，诗人就在这一空间中对自身精神空间进行修炼，以求达到无烦扰的寂静禅境。

4. 意象群：以约定俗成的意象群作为突破点，去捕捉诗人笔下意象的背后情感空间。王维写"渭城朝雨浥轻尘，客舍青青柳色新"，这里的"雨"和"柳"象征着离别，诗人用这两个意象既写出当下环境——雨后的小城展现出一种生机的新绿，也暗示了诗人对朋友的离别，在不舍的惆怅中交织着积极的情绪。

除了屈光先生的这种意象分类，还有学者把意象分为自然意象、社会意象，或动物意象、植物意象等。于是，意象被最大限度地用来展示了诗人眼中所见和心中所想，那个被意象勾画出来的物理空间也饱蘸着诗人丰富的感情，因此通过意象，我们可以想象和感受到诗歌中描绘的物理和感情空间。

五、意境的空间

意境是意象的组合与升华，也是中国诗歌美学最为璀璨的明珠。"意境的范围比较大，通常指整首诗、几句诗或一句诗造成的境界，而意象只是构成意境的一些具体的细小的单位。意境好比一座完整的建筑，意象只是构成建筑的一些砖石。"① 也就是说，意象勾画了诗歌空间的轮廓后，意境在此基础上营造诗歌空间的氛围，继而让读者更好接近诗歌的情感空间。以下我们将从不同的意境来看待它对诗歌空间氛围的营造。

1. 开阔高远：此类诗歌意境开阔高远，营造出一个豁达的空间氛围，或与之相反，用开阔的空间来反照自己的细微情绪。如"黄河远上白云间，一片孤城万仞山"，"黄河"和"白云"连接天上地下，一下子就带出开阔高远的意境，也表现了诗人对于"羌笛何须怨杨柳，春风不度玉门关"的豁达胸怀。又如《渡荆门送别》中写到"山随平野尽，江入大荒流"，以移动的船为视点，一路来景色的转变，从高山到平原，视野突然开阔，加之江水的奔腾直泻，给人一种流动的空间感，同时让人感到在这开阔的空间中，诗人抑制不住的喜悦之情。接下来诗人笔锋一转，"月下飞天镜，云生结海楼"，这里写月亮在水中的倒影好像天上飞来的一面明镜，云彩升起，变幻无穷，结成了海市蜃楼般的奇景。江岸的辽阔，天空的高远在诗句中显露无遗，而最后，面对着奔腾不息的江水，诗人却不禁流露出思乡情绪。开阔高远的意境最终落脚于诗人思乡的情感空间，使其情感表达更富有

---

① 袁行霈. 中国古典诗歌的意象 [J]. 文学遗产，1983（4）.

意味。

2. 宁静空灵：意境清新空灵的诗歌常常给我们一种素雅的感觉，而这样的意境也为诗歌空间营造出优美宁静的氛围。如"江流天地外，山色有无中"，汉江滔滔远去，好像流到天地之外，两岸青山若有若无，若隐若现，给人一种新奇的感觉，同时感觉到诗歌描绘出的空间之空灵。另外"结庐在人境，而无车马喧"，陶渊明写出了一个宁静的环境，同时表达出无欲无求淡泊空灵的心境，情感空间呈现出一种干净的状态。

3. 含蓄深远：有些诗歌追求一种朦胧美，这种诗歌往往形成一个含蓄深远的意境，也为诗歌营造出一种朦胧的氛围，其情感也需读者多加推敲。"锦瑟无端五十弦，一弦一柱思华年。庄生晓梦迷蝴蝶，望帝春心托杜鹃。沧海月明珠有泪，蓝田日暖玉生烟。此情可待成追忆，只是当时已惘然。"诗歌因锦瑟而想起过去，再以庄周梦蝶，望帝啼鹃的典故寄予自己的悲愤情感，"颈联以'泪'、'暖'为诗眼，写了明珠和良玉。月为天上明珠，珠似水中明月，皎月落于沧海之间，明珠浴于泪波之界——形成一个月、珠、泪三者难分难解的朦胧妙境。下一句写的则是蓝田日暖，良玉生烟，可望而不可置于眉睫之前的朦胧景象"①。最后一句表达了诗人曲折情感的无奈。纵观全诗，诗人采用多个典故，加之情感的指向不明确，使诗歌形成一种含蓄而深远的意境，也让诗人的感情空间变得扑朔迷离。

4. 清冷孤寂：此类诗歌多是表达游子思乡、友人离别、忧国忧民等主题，其清冷孤寂的意境使诗歌空间氛围也变得寂寞惆怅。如："国破山河在，城春草木深。感时花溅泪，恨别鸟惊心。"这四句写了城中的败落，为诗歌的意境氛围奠定基调。"烽火连三月，家书抵万金。白头搔更短，浑欲不胜簪。"这里由景及情，聚焦诗人的感情空间：思念家乡，挂念亲人，为自己年老而力不从心，无法上阵杀敌而怅然。

---

① 唐明生. 中国古诗中的含蓄美 [J]. 襄樊学院学报，2004（3）.

当然，对于诗歌意境的分类，不仅有王国维"有我之境"与"无我之境"的区分，还有其他若干种分类。① 意境是意象选择和组合营造出的一种氛围，这种氛围直接影响到诗人的情感空间，诗因情而生，所以读懂意境的氛围是为了抓住诗人想要表达的情感，以体悟诗歌的空间。

六、哲理的空间

哲理的空间，就是艺术哲学的空间，也是诗人通过自己的作品，对时间、空间、生命等根本性的问题进行的本体论思索而构建的艺术层次。

诗者，天地之心也。"诗人对宇宙人生，须入乎其内，又须出乎其外。入乎其内，故能写之；出乎其外，故能观之。入乎其内，故有生气；出乎其外，故有高致。"② 中国古代诗人的空间书写意识来源于对宇宙的观察，对时序的了解，"乾坤万里眼，时序百年心"（杜甫《春日江村五首》），并既能"以大观小"又能"小中见大"，从一花中看万千世界，从一树中领悟生命、命运盛衰有序，于诗歌中蕴含着无限的哲学意蕴。

中国古代最早的空间意识体现在《易经》上："无往不复，天地际也。"（《易·泰卦》）至春秋战国时，发展为"天地为庐"的宇宙观。老子曰："不出户，知天下。不窥牖，见天道。"（《道德经》第四十七章）庄子曰："瞻彼阕者，虚室生白。"（《庄子·人间世》）孔子曰："谁能出不由户，何莫由斯道也？"（《论语·雍也》）这种由近知远的空间意识，成为古代宇宙观最早的特色。三国时嵇康以"俯仰自得"的精神来欣赏宇宙，而跃入大自然的节奏里去"游心太玄"，以此领悟宇宙、领悟"道"。晋代大诗人陶渊明也有诗云："俯仰终宇宙，不乐复何如。"（《读山海经》）南朝宋著名绘画理论家王微在《叙画》中主张"以一管之笔拟太虚之体"，由此能"以大观小"又能"以小见大"。后来宋僧道璨的重阳诗句也写出了这一境界："天地一东篱，万古一重九。"（《潜上人求菊山》）

---

① 李奇. 古典诗词意境分类方法的研究与实现 [D]. 上海：东华大学，2014.
② 王国维. 人间词话 [M]. 上海：上海古籍出版社，1998：15.

诗人们借助于超乎寻常的神思，去感悟空间的无限，并且以一种阔大的胸襟装宇宙于心中，收乾坤在眼底，真可谓"文之思也，其神远矣"（《文心雕龙·神思》）。正如晚唐诗人皮日休称赞李白的诗："言出天地外，思出鬼神表。"（《刘枣强碑文》）同时诗人们又从空间的无限中悟到了崇高与雄浑的美，如"气蒸云梦泽，波撼岳阳城"（孟浩然《临洞庭湖赠张丞相》），"郡色浮前浦，波澜动远空"（王维《汉江临眺》），"吴楚东南坼，乾坤日夜浮"（杜甫《登岳阳楼》）……这些诗表现了辽阔的宇宙意识与深刻的人生感悟，蕴涵着诗人的精神追求。正如陶渊明面对"采菊东篱下，悠然见南山"空间视角扩大时所说："此中有真意，欲辨已忘言"（《饮酒》），古代诗人在诗歌中表现出的空间意识的书写意蕴似幻而真，似浅又深，蕴涵着深刻的哲理意蕴。宋严羽在《沧浪诗话校释》里也称唐诗人的诗中境界："如空中之音，相中之色，水中之月，镜中之象，言有尽而意无穷。"[①]

古代诗人在面对浩瀚无边的宇宙时，在感叹人生的渺小时，"寄蜉蝣于天地，渺沧海之一粟"（苏轼《前赤壁赋》），也表现出在俯仰之间对太虚太空的追求，"高山仰止，景行行止，虽不能至，而心向往之"（《诗经·小雅》）。诗人在感叹有限的生命与无限的宇宙时，常在其中领悟到于无限的空间中回归有限的生命。王维主张"行到水穷处，坐看云起时"，是潇洒睿智的人生境界；韦庄诗云："去雁数行天际没，孤云一点净中生"，储光羲的诗句有云："落日登高屿，悠然望远山，溪流碧水去，云带清阴还"，以及杜甫的诗句："水流心不竞，云在意俱迟"都是写出"目既往还，心亦吐纳，情往似赠，兴来如答"的精神追求意趣；虽无法"体尽无穷"，但仍追求、探寻着人生的本体"道"。正如闻一多先生在《唐诗杂论·宫体诗的自赎》中所评价的："更绝的宇宙意识！一个更深沉更辽阔更宁静的境界！"[②]

[①] 严羽.沧浪诗话校释[M].郭绍虞，校释.北京：人民文学出版社，1983：34.
[②] 闻一多.唐诗杂论·宫体诗的自赎[M]//李泽厚.美学三书.合肥：安徽文艺出版社，1999：130.

第二节　空间要素与现代汉诗的文本契合性①

——以阮章竞诗歌为中心

一般而言，文学作品中记叙事情，除时间要素外，就是空间要素。事情的发生、发展，人物的活动，都有一定的空间，交代清楚空间，对清楚明白地记事是极其重要的。现代汉诗在空间方面的突破，具体呈现在各种空间要素的确立、改造和重新组合方面。而诗歌作为精神层面的活动，是紧随20世纪中国文化的变迁而产生相应变化的。

"空间要素，是指构成区域空间系的系统的主要组成部分或者成分，它是由自然环境要素和人文环境要素所组合而成。'文化'是一个非常广泛的概念，也很难给出确切的定义，笼统的来说，文化既是一种社会现象，也是一种历史现象，是社会历史的沉淀和精华。人类有意识地改变或者是改造自然环境或者是社会关系甚至是自身的活动及活动的结果，都属于文化。空间要素的文化影响，指的是随着社会经济的发展，城镇化进程加快，城镇不断扩容，以农耕为主的生产模式转变为工业为主的生产模式，以及人们对生产、生活的新需求带来的格局变化，所造成的传统文化的改变。"②因而，空间要素与诗歌文本的契合，同样体现在诗歌叙事的空间要素中。本章以著名诗人阮章竞为例，从他的诗歌生涯及其童话诗创作过程中，深入分析诗人、空间和现代汉诗之间的密切关系。

一、当代文学体制和诗歌想象空间

中华人民共和国成立至"文化大革命"结束，阮章竞结集出版的诗集

---

① 本节内容主要由陈培浩博士执笔。阮章竞的诗歌诗学研究，可参见陈培浩博士与阮援朝女士合著的《阮章竞评传》（漓江出版社2013年版）。

② 徐怀弘. 阳下地区空间要素的文化影响研究 [D]. 武汉：华中师范大学，2012.

包括《金色的海螺》（童话诗，1956 年少年儿童出版社）、《牛仔王》（1958 年作家出版社）、《虹霓集》（诗集，1958 年，作家出版社）、《迎春橘颂》（诗集，1959 年人民文学出版社）、《马猴祖先的故事》（童话诗，1962 年少年儿童出版社）、《勘探者之歌》（诗集，1963 年作家出版社）、《四月的哈瓦那》（诗集，1964 年作家出版社）、《白云鄂博交响诗》（叙事诗，1964 年作家出版社）。

理解阮章竞在中华人民共和国成立后的诗歌写作，不能离开"当代文学"的文学体制对诗歌想象的塑形。对研究者而言，文学史中"当代"并不是一个简单的时间概念，它更意味着一种特殊"文学体制"的建构。① 所谓"文学体制"，按照彼得·比格尔在《文学体制与现代化》中的界定，文学体制"并不意指特定时期的文学实践的总体性"，"它发展形成了一种审美的符号，起到反对其他文学实践的边界功能；它宣称某种无限的有效性（这就是一种体制，它决定了在特定时期什么才被视为文学）"。② 简言之，文学体制是通过把某种审美符号体系确立为正统，从而抑制其他想象方式，并建构文学边界的实践活动。无疑，阮章竞 20 世纪 40 年代的写作就置身于解放区文学体制规划之中。中华人民共和国成立后的写作，更是无时无刻不接受着当代诗歌体制的俯瞰和循唤。

当代文学史家洪子诚先生用"危机"来描述跨入时代的诗人们的写作状态③，"危机"的实质是"诗人把握生活的艺术个性，与当时所倡导的艺术规范不相适应有关"④。具体到李季、阮章竞、张志民等解放区成长的青年诗人，洪子诚认为他们的困境体现为"在'主体创造性'受到极大限制，而民间诗歌的民俗和艺术形式的积累，又不能成为重要凭借的情况下所面

---

① 洪子诚，程光炜都有专门文章谈"当代文学"的"当代"概念。
② 比格尔. 文学体制与现代化 [J]. 周宪，译. 国外社会科学，1998（4）.
③ 包括了郭沫若、冯至这些老诗人的危机，国统区诗人九叶诗人的危机，解放区成长诗人的危机。
④ 洪子诚，刘登翰. 中国当代新诗史 [M]. 北京：北京大学出版社，2005：69.

临的重重矛盾"①。这种评述，对于阮章竞等人的写作不失"历史的同情"。我们希望进一步探讨的是阮章竞究竟在什么样的"当代诗歌体制"中观察、勘探、内化并最终形塑自身的诗歌观念。即使是阮章竞、郭小川这样在革命环境中成长的左翼诗人，他们跟当代文学体制之间也经历着从不适、探索到适应、内化的过程。而且他们和当代文学体制之间的"不适—调整"关系一直都在持续着。其结果体现在阮章竞身上，便是诗心的麻木和转移。对于一个发自内心拥护革命体制的诗人，这实在颇堪玩味。

当代文学意味着"新边界"的确立，同时也意味着"旧标准"的失效。中华人民共和国成立以后一波连一波的文艺批判运动，正是确立"新边界"的话语实践，文坛中人在运动中揣摩和习得了革命文学体制的边界和雷区。一般而言，"社会主义现实主义"和"二结合"是十七年文学的总指导。但在具体实践中，"腐朽没落的资产阶级""小资产阶级""现代派""个人主义""唯心主义""形式主义"等则构成了应被反对的方向；而"革命现实主义""人民""群众""民族性"则构成了一组大放光芒的正面概念。冯至反思自己的20年代的诗歌"基本的调子只表达了小资产阶级知识青年的一些稀薄的、廉价的哀愁"②，而1941年写的27首"十四行诗"则是"受西方资产阶级文艺影响很深，内容与形式都矫揉造作"③。在当年背景下，"资产阶级"和"小资产阶级"这两个阶级政治学概念在文学领域中的具体所指既模糊又确定，它的含义是自明而无须界定的。反"资产阶级艺术"往往联系着反"现代派"，茅盾认为，"现代派"外在表现是"极端歪曲"事物的外形，而"精神实质"，则是"发泄了作者个人的幻想或幻觉"，"反映了没落中的资产阶级的狂乱精神状态和不敢面对现实的主观心理"。

"资产阶级（小资产阶级）/无产阶级（人民的）"这类政治学概念运

---

① 洪子诚，刘登翰. 中国当代新诗史［M］. 北京：北京大学出版社，2005：69.
② 冯至. 西郊集［M］. 北京：作家出版社，1958.
③ 冯至. 冯至诗文选集［M］. 北京：人民文学出版社，1955.

用在诗歌上，事实上意味着以下的写作题材和技巧方法合法性的丧失：内容上对个人心灵微妙涟漪和精神复杂体验的表达；技巧上对以象征主义为代表的较复杂技艺的运用。反"现代派"是中国左翼文学从20世纪30年代以来就持续着的战斗。① 所以，反"（小）资产阶级"，反"现代派"其实便隐含着当代文学一个症候性的迷思——反个人主义。此时往往把艺术个性化与世界观的个人主义等同起来，反对"暴露现实"②，反对在真实的名义下描写灰色的小人物或者卑劣的反面人物，反对描写"内心的复杂性"③。个人精神生活的微妙体验和对应这些体验的繁复技艺被纳入"资产阶级艺术"的范畴，在"历史进化论"的叙述中被打包送走。

由于对个人生活和精神经验的放逐，对诗歌技巧的意识形态化理解，"当代诗歌"事实上处于某种"抒情主体"和"形式"双重贫困之中。因此，"阶级大我"便是"当代诗歌"用于替换"抒情自我"的新的抒情主体："他们在诗歌中努力以阶级的、人民的'代言人'的姿态出现"，"诗中的抒情形象，那个时常出现的'我'，并非诗人本人，而是人民和阶级的象征——所谓'大我'"。④"许多诗人尽量在诗歌中回避表现'自我'，回避对于客观世界观察、感受的独特性，回避属于自己内心世界的感情抒发。"⑤放逐了"（小）资产阶级"的抒情主体（自我、小我），迎来了"无产阶级"的抒情主体（阶级大我），这便产生了当代诗歌中一种极其重要的类型——政治抒情诗。作为一种中国当代重要的诗歌类型，它其实植根于当代诗歌匮乏及再造的特殊环境中。其代表作是郭小川的《致青年公民》、贺敬之的《桂林山水歌》等作品。

---

① 20世纪30年代，中国诗歌会成员以"大众化"为由持续攻击施蛰存、戴望舒的"现代派"和徐志摩的"新月派"。
② "暴露"和"歌颂"曾是1942年延安文艺讲话之前争论的焦点话题之一，最终，歌颂派战胜暴露派，描写正面人物，以至于"高大全"的形象塑造法循此发展。
③ 周扬在1960年第三次全国文艺工作者工作会议上的报告。
④ 洪子诚，李登翰. 中国当代新诗史 [M]. 北京：北京大学出版社，2005：25.
⑤ 洪子诚，李登翰. 中国当代新诗史 [M]. 北京：北京大学出版社，2005：28.

事实上，阮章竞在政治抒情诗上同样有所实践，《祖国的早晨》也许是阮章竞最成功的政治抒情诗了。在这首写于1954年的政治抒情诗中，阮章竞放弃了常用的民歌体和半格律体，也许他已经意识到自由体更有利于充分的政治抒情。在此之前他曾用半格律体写了《光荣颂——纪念党的三十周年》，用自由体写了《胜利的三年，伟大的明天》：

> 凿开高山通大海，
> 抬着时代登高峰。
> 向日葵花朝太阳，
> 人民向着党，向着毛泽东。

这样的诗句虽有半格律体的那种齐整顿数，但也把充沛的情感化解在过于截然的节奏中。而：

> 生养我们的祖国呀，
> 我们——您的六亿儿女，
> 一定要把这块纵横辽阔的山河，
> 创造成明如水晶，
> 红赛珊瑚的人间宫殿！

这样的自由体式则更能包裹滚烫翻滚的"大我"之情。然而，《胜利的三年，伟大的明天》这首诗的构思似乎欠缺整体性，《祖国的早晨》则在"早晨"这个具有象征性的时间节点中投射政治隐喻，并以"早晨"为取景框选裁各种写作对象。全景式的地理透视法被运用于诗歌中，所以，从"森林"写到"群山"，从"碧天"写到"蓝海"，从"港湾"写到"城市"，从"地质队的卡车"写到"教室里的课本"。"早晨"跟青春、希望、活力产生了联系，"祖国"又在各种领域的对象中获得具体性，最终，又把这一切归于世界和平、中苏友谊的宏大范畴，归于超人领袖的历史凝视之中：

> 伟大的毛泽东，他带着永远是那样安详的微笑，
> 站在阳光里，远望着祖国的早晨

《祖国的早晨》正是一首典型的政治抒情诗，它站在"阶级大我"立场抒情，它在当代文学规定的历史透视空间中展开对祖国未来的想象和歌颂，它较早使用了革命诗歌的象征语——清晨。"太阳""东方""早晨"都是这个革命诗学象征体系的重要意象。从写作个性看，在描写与抒情之间，阮章竞显然更擅长宏观的观察和描写。即使在《祖国的早晨》这样的政治抒情诗中，直抒胸臆的笔墨并不多。

　　阮章竞日后并不以政治抒情诗名世，跟他的写作个性有关，跟政治抒情诗向写作主体所索取的情感能量也有关。① 当他从中华人民共和国成立之初翻身主人的狂喜中平息下来，卷入了更复杂的政治运动之后，那种为祖国清晨油然而生的喜悦感并非时时都有。② 这种政治抒情诗的写作也就难以为继，即使有所写及，基本也是口号式的呼告，缺乏整体运思和艺术感染力。

　　由于写作的题材领域、表达方式乃至主题意蕴被给定，当代诗歌亟须创造自身的形式，为被"政治正确"挑拣得近乎单调的主题提供语言的附丽。又由于当代诗歌"革命现实主义"的形式观，所以，被启用的诗歌形式资源依然只有"古典"和"民歌"。早在1939年，萧三便提出诗歌应该以古典和歌谣资源作为两个源泉。③ 20世纪40年代诗歌民族形式往往被具体化为民歌形式，50年代，民歌资源进一步得到政治确认。1958年3月，毛泽东在成都主持召开中央工作会议，"提出要搜集民歌，认为民歌是中国

---

　　① 政治抒情诗在启用"阶级大我"以激活写作能量过程中，"大我"与"自我"之间产生某种微妙的错位，这突出表现在郭小川的诗中。
　　② 参见陈培浩、阮援朝合著的《阮章竞评传》（漓江出版社2013年版）第六章对阮章竞在作协期间心态的论述。
　　③ 萧三在《论诗歌的民族形式》中说："发展诗歌的民族形式应该根据两个泉源：一是中国几千年来文化里许多珍贵的遗产，《离骚》、诗、词、歌、赋、唐诗、元曲……二是广大民间所流行的民歌、山歌、歌谣、小调、弹词、大鼓词、戏曲……"

新诗的一条出路"①。1958年4月14日《人民日报》发表社论《大规模搜集全国民歌》，新民歌运动由是拉开序幕。

民歌在20世纪50年代文学体制中获取了巨大的文化资本，即使不擅长民歌体诗歌的诗人，也没有人敢冒犯民歌作为新诗资源的合法性。擅长自由体政治抒情诗的郭小川如是表态："老实说，新民歌的惊人成就，不但征服千千万万的读者，也征服了即使最保守的诗人。"② 然而，40年代就擅长民歌体诗歌写作的诗人，对于民歌体与当代题材的结合却有了某些"疑虑"。李季对民歌与新生活不协调性有如是理解：过去三边远盐大道上成百成千头毛驴，变成了成队的汽车，变成了拖拉机……一句话，过去个体农民的汪洋大海，变成了合作化的新农村。这时候，你要用"五谷里数不过豌豆圆，人群里数不过咱俩可怜。庄稼里数不过糜子光，人群里数不过咱俩凄惶"的调子，来描写这些正在形成中的社会主义新型农民那会是多么不协调啊!③

阮章竞也有相似看法："写工业为'诗'，是个新问题，没有任何东西可资借鉴。但这个最伟大的阶级，中国工人阶级的劳动创造，能不能用中国风味来写成诗？是老干部遇到新问题。工业不同农村那样到处有柔媚的山树林泉，它是爆破隆隆、电火闪闪、烟雾腾腾，钢压轧轧的场面，'一根扁担软溜溜'和'一铺滩滩杨柳树'，是压不住转轮的声响的。"④

当然，这种疑虑是在民歌得到政治确认之前或多年以后公开表达的，但它意味着在50年代影响极大的民歌与新诗的融合问题并非没有反思者。

---

① 《毛泽东文集》第七卷（人民文学出版社1999年版，第369页）。毛泽东本人偏爱古典诗歌，但认为新诗的发展不能因袭古典，而应取法民歌，这些观点后来在写给陈毅的信中有清晰表达："要作今诗"，"古典决不能要"；"白话写诗，几十年来，迄无成功，民歌中倒是有一些好的，将来趋势，很可能从民歌中吸引养料和形式，发展成一套吸引广大读者的新体诗歌"。毛泽东《致陈毅》的信写于1965年7月21日，原载于《诗刊》，1978年1月号。
② 郭小川.诗歌向何处去？[J].处女地，1958 (7).
③ 李季.热爱生活，大胆创造[J].文艺学习，1956 (3).
④ 阮章竞.阮章竞与友人论诗的信[J].长江学术，2007 (2).

卞之琳也非常巧妙地表达了近似的看法，他颇有意味地借用一个工人的话说出自己的看法："你要用民歌的调子来写我们工人的劳动，我看也没有力量。意思是如何把民歌和我们新的内容创造性地结合起来，变成一种既继承传统又新颖的新形式。"①

对自由体政治抒情诗和民歌体诗歌的日渐疏离之后，② 阮章竞似乎更愿意尝试一种半自由体的写作。③ 他五六十年代的写作，在自由体、民歌体之后，越来越显示了从半自由体向取法古歌行体的转变。这无疑是适应着他内心的转变，在形式上孜孜不倦的努力。这种转变，在某种程度上带着他对"知识分子气"和"自由体"的"偏见"。一般而言，在提倡"人民性""群众方向"的当代文学体制中，"知识分子气"是一种负面描述。郭小川评穆旦1957年发表的诗歌为"知识分子有气无力的叹息和幻梦"④。邵荃麟称它们是采用"沙龙式的语言"⑤；徐迟则认为这是"很典型的西风派"⑥。这些评价都包含着"反知识分子"艺术倾向的态度。郭小川又说："我们的新诗的大部分，知识分子气太浓了！这种知识分子气，首先表现在思想感情上，因此也当然表现在格调上。新诗受外国诗的影响太大了，尤其重要的是：所受的还不是外国民间诗的影响，而是外国知识分子诗人的影响。"⑦显然，郭小川反知识分子诗，但在他那里"知识分子气"的表现是外国非民歌诗质素。他自然并未认为自己所躬亲实践的"楼梯体"政治抒情诗具有这种"知识分子气"。然而，阮章竞对此却颇有看法，他反对"语言方面

---

① 卞之琳. 对于新诗发展问题的几点看法 [J]. 处女地，1958 (7).
② 阮章竞1950年还写了不少民歌体诗歌，比如红色故乡土改歌如《月亮儿爬上竹林来》《穷兄弟们站成队》等，但之后就甚少直接把民歌作为诗歌体式来使用。
③ 关于这种"半自由体"的形式特征，洪子诚先生如是概括："四行或六行、八行一节，每行字数、顿数大体相近，逢偶行押大致相近的脚韵。"见洪子诚，刘登翰《中国当代新诗史》（北京大学出版社2005年版，第23页）
④ 郭小川. 我们需要最强音 [J]. 文艺报，1958 (9).
⑤ 荃麟. 门外谈诗 [J]. 诗刊，1958 (4).
⑥ 徐迟. 南水泉诗会发言 [J]. 蜜蜂，1958 (7).
⑦ 郭小川. 诗歌向何处去？ [J]. 处女地，1958 (7).

也很知识分子"的诗,"许多工人都提出他们不喜欢'楼梯式'的诗,说这种诗看起来很费劲";"很多人不满意自由体的长短句,我觉得主要问题在于知识分子味太重"。①

有趣的是,阮章竞反对的"知识分子气"正是郭小川的那种自由体、"楼梯体"。对诗歌"人民性""群众立场"的认同,反"知识分子气"促使阮章竞在写作中进一步疏离那种较为书面的自由体诗。1957年以后他的写作主要为半自由体和新歌行体,以《新塞上行》为代表的作品,正是他在50年代诗歌体制中左冲右突的结果。《新塞上行》的探索在当时就引起诗坛的注意,茅盾认为它们"熔炼、利用古典诗词的句法和词汇","创造更富于形象美和音乐美"的"民族形式的新诗风"②。但是在当代文学体制的规训下,这种写作终究被掏空了个性化体验的内核,往往徒有雄壮之境和伟阔之辞,"某些作品中思想感情内涵上的空疏,以及诗的意象、结构的不断重复,借鉴古典诗词上存在的某些生硬状况,也为当时的评论界所指出"③。

最体现阮章竞诗歌写作上的雄心壮志和探索之心的作品当属《白云鄂博交响诗》,此诗的写作历时数年,几易其稿,后来既在刊物上发表,又出版过单行本,并收入诗人的诗歌选集中。④ 全诗除《序诗》和《尾曲》外,共有五章,分别是:第一章《白云巴特尔》、第二章《阿尔斯朗》、第三章《红泉歌》、第四章《今天的清晨真迷人》、第五章《春天的歌》。全诗将近1 600行,内容上融内蒙古的古代传说英雄巴特尔与现代炼钢事业于一炉,又叙述了从阿尔斯朗到其儿子海日巴尔,再到其孙辈布尔固德和乌兰托娅

---

① 阮章竞. 群众对诗人的要求是什么? [J]. 诗刊, 1958 (8).
② 茅盾1960年7月24日在全国第三次文代会上的讲话《反映社会主义跃进的时代,推动社会主义时代的跃进》。
③ 洪子诚,刘登翰. 中国当代新诗史 [M]. 北京:北京大学出版社,2005:47.
④ 此诗初稿创作于1958年12月至1960年5月,后来发表于《人民文学》1960年第9期。1963年2月,又完成了第二稿的修改,后来由作家出版社于1964年7月出版了《白云鄂博交响诗》单行本,并收录于1985年人民文学出版社出版的《阮章竞诗选》中。

三代人的故事。将蒙古英雄传说和现实中三代劳动英雄故事与包钢建设共和国钢铁工业的理想情怀结合在一起,充满着雄浑的风格追求和强烈的英雄主义气概。

此诗发表后的反响可谓有赞有弹,张光年肯定诗歌在融合神话和现实方面做出的努力,内蒙古大学教师们肯定了诗人对内蒙古历史的了解,但也有批评的意见。"好心的同志以诗来要求,有的以小说故事来要求,要第二、三代有更多的性格"①。后来有学者认为"《白云鄂博交响诗》没有达到《漳河水》那样的高度,则明显是因为诗人对内蒙古兄弟民族的生活并不像太行山区漳河一带的人民生活那样熟悉,诗中生活不足的表现是很明显的"②。

客观说,由于《白云鄂博交响诗》的构思宏大,时间跨度大,要处理神话与现实、"大跃进"主题和民族团结主题、人物塑造与语言锤炼、结构框架与主题升华等多方面的内在难题,实在不容易写好。在当代文学体制的"危机"中,阮章竞事实上面临着如下几个问题:

1. 描写工业题材的有效形式问题。诗人否定了民歌体描写工业题材的有效性,"转而从我国古代苍凉雄浑的边塞诗,以及音韵铿锵的五七言歌行上寻求艺术依据,从传统的意象和境界中,发掘表达新的时代意蕴的可能性"③。然而,古诗形式的"雄浑"也是有题材限度的,古诗凝练的表达、固定的句法在表达广阔的"工业生活"时常常显得格格不入。这在《白云鄂博交响诗》从神话转入现实之后表现得尤为突出。阮章竞否定了自由诗,也否定了民歌体,事实上却落入另一种不匹配的形式中。

2. 图解式写作的主题先行对丰富内涵的消解。当代主流诗歌提供的并非对世界的多维理解,而是某个确定答案的形象图解。因此,援引蒙古神

---

① 阮章竞. 阮章竞与友人论诗的信 [J]. 长江学术,2007 (2).
② 孙绍振. 阮章竞的艺术道路 [J]. 福建师范大学学报(哲学社会科学版),1979 (4).
③ 洪子诚,刘登翰. 中国当代新诗史 [M]. 北京:北京大学出版社,2005:47.

话为现实跃进着的生活论证是《白云鄂博交响诗》不二的选择,它所表现的三代蒙古英雄在思想气质上也必然大体趋同。序诗中诗人有意识借用一个超人主体,"劈开阴山重重山,迎接春天到内蒙古"。采纳这个无所不能的阶级主体结构,显然有助于创造一种无产阶级的崇高风格,只是当代体制并不容纳一种有深度的崇高。崇高的奥秘,在于创造让审美主体震骇的神秘体验,这种神秘跟大众化、通俗化的诉求是不一致的。即使不诉诸神秘化的崇高,诉诸悲剧也是不行的。无产阶级时代的英雄是不可以用悲剧表现的,白云鄂博的三代人,都必须既英勇又正派,不能有任何世界观问题,故事结局更不可能是悲剧的。所以,当阮章竞想要着手写作时,留给他的途径或许确实只有意象、情境、场面上的宏大和语调上的铿锵有力,不能不带来"诗意内涵的空疏单薄"的问题了。

《白云鄂博交响诗》倾注了诗人的大量心血,却终究难以成为传世经典。作为一面文学镜像,它不但呈现了阮章竞写作的探索和纠结,同时也烛照着20世纪五六十年代当代诗写作贪"大"求"高"的症候。贪"大"指的是对大型叙事诗的追求,在主题、形式、题材和体验方式基本趋同的情况下,篇幅之"大"自然是突破口之一。它呼应着某种好大喜功而至于空阔无凭的文学趣味,却必然疏忽于对"大"内在性维度的体察。求"高"是指当代社会主义文学无限拔高的政治升华模式,任何生活现象必然要引申出现实政治的象征意义。① 对从生活到神话进行的政治升华必然带来文学上的"生硬"和"虚假",只为"时代"而写的作品很难超越时代而流传。

在当代文学体制中左冲右突的阮章竞同时也留下几个颇有意味的现象:

一是"诗画同题"作品中诗心的转移。阮章竞在60年代初开始有一种"同题诗画"的作品形式出现,有趣的是,同一作者的诗和画却分属于不同的艺术表征范式,他的诗是符合当代诗歌规范的半自由体的革命抒情诗和

---

① 这种政治升华模式后来愈演愈烈,60年代田间甚至不惜改写《赶车传》,极大提升原有生活材料跟现实政治之间的意义关联。

生活抒情诗；他的画却保留了更多自由趣味和嬉戏技艺的色彩，某些油画棒作品对点彩法的使用，甚至有着早期印象派的色彩。一个诗人，在他的职业领域诗心渐渐被压抑而枯竭，并转移到了临近领域中。① 那个时代的职业画家们，同样处于某种严苛的当代画规范中，反而是这个不专业的诗人的画笔，保留着几笔活泼恣意的画作，又是一个值得玩味的现象。

二是童话诗中对于现实空间的批判。写于1954年的《金色的海螺》②最初是响应国家发展儿童文学的号召而作，它在获得诸多荣誉之外，也被一些人批为"爱情至上主义"③。然而，此时隐含更深的却是对中华人民共和国成立后很多革命者进城后"见异思迁"的批判："全国解放后，换妻空气正浓，许多不定全是感情不和、性格不合，诸多是见异思迁，造成不少不应该出现的寡妇孤儿。《金色的海螺》诗，包含了对此的不满，许多人未看出。"④

身处50年代一波接一波政治批判运动的阮章竞，似乎希望借着这样童真的写作，去恢复某些纯粹的真诚。有趣的是，现实的批判指向本该是现实主义的题中之义，但在50年代的现实主义文学成规中，在以成人读者为阅读对象，描写成人世界生活题材的作品中已经消失得无影无踪。甚至一些以歌颂为目的的作品都会招来不期之祸。阮章竞对成人世界婚姻问题的批判，却必须移到童话诗中来表达，而且这种表达还基本上没有被读者识别出来。多重错位，颇有意味。

二、童真与诗心的空间构建

阮章竞在中华人民共和国成立后特殊的政治时期完成的童话诗，以

---

① 参见《阮章竞评传》第十三章《诗人画家阮章竞》。
② 《金色的海螺》被翻译为外文介绍到苏联去，有苏联学者认为堪与普希金《农夫和小金鱼》媲美；在中央广播电台作为配乐诗朗诵过；1963年由上海美术电影制品厂改编摄制为剪纸片，该片于1964年获得印度尼西亚第三届亚非国际电影节卢蒙巴奖。
③④ 阮章竞. 阮章竞与友人论诗的信 [J]. 长江学术，2007 (2).

"童心""童趣"来赞美真诚、良善的美好品质,既容纳了他对现实的思考和批判,又承载了他的故园之思、文化乡土之思。童话诗的创作,为作家提供了慰藉灵魂、安顿诗心的精神栖息地,又为他丰富的诗艺美学提供了一个探索的全新空间,具有立体而多元的诗学价值。

作为20世纪中国现当代文学中的著名诗人,阮章竞有两重身份引人注目:其一,他是民歌体叙事诗的大家,《漳河水》是体现毛泽东《在延安文艺座谈会上的讲话》精神,探索新诗大众化、民族化的成功之作;其二,他是童话诗的热心作者,《金色的海螺》以清新、优美又富于传奇色彩的意境,在几代读者心中留下了深刻的印象。然而,相比起民歌体叙事诗得到的普遍好评,阮章竞的童话诗创作尚未引起足够的重视。就成果而言,阮章竞的童话诗创作数量不多,时间也相对集中,在其诗歌创作的生涯中,仿佛是一个小小而精致的插曲;放在中国当代儿童文学的花园中,则又显示出风格的独特性,自有其一席之地。这些童话诗,虽然不可避免地带有那个时代的政治和文化的烙印,但诗中流露的童心、童趣和家园之思,今天读来仍亲切可感。究竟是什么原因使得这位革命诗人在耄耋之年仍对多年前的童话诗旧作牵肠挂肚?这些童话诗的创作,寄予了作家怎样的厚望?这是值得我们揣摩和深思的。若将阮章竞的童话诗创作纳入其诗歌创作的整体当中进行考察,或许能帮助我们更深入地体会诗人的心路历程。

(一)

阮章竞影响较大的几首童话诗皆创作于1955年。这一年,共青团中央和全国妇联发起号召,要求文学工作者多创作儿童读物,中国作家协会还讨论通过了发展少年儿童文学创作的计划①。许多作家都投身其中,努力改变少年儿童读物"严重奇缺的状况",涌现了一批表现集体主义精神和集体力量的伟大、赞美新时代新事物的儿童文学作品。阮章竞的《金色的海螺》

---

① 中国作家协会. 关于发展少年儿童文学的指示 [M]//锡金,郭大森,崔乙. 儿童文学论文选 1949—1979. 北京:中国少年儿童出版社,1981:5.

《马猴祖先的故事》《牛仔王》等诗，虽是响应号召之作，却不是简单地顺应时代潮流、配合时代需要的作品。他取材于民间传说，却立意批判，有鲜明的现实针对性，创作的出发点自然有别于当时其他的作品，也由此引发了一些颇有意味的争议。

《金色的海螺》在民间耳熟能详的田螺姑娘的传说基础上，创造性地增添了少年与海螺的离别、少年努力争取幸福的过程。这一改写，为古老的传说注入了新鲜的元素，使全诗跳出了简单的道德训诫的模式而成为一个有血有肉、内容生动的故事。诗中后半部分的大量篇幅以少年三次搏击海浪风暴、对抗海神娘娘来反复渲染少年百折不挠的坚定信念和执着的爱情追求，使全诗的主题由"结亲报恩"的民间范式转向了颇具现代色彩的"爱情坚守"，甚至遮盖了作家创作的本意，更被一些不相识的同志批判为"立意爱情至上主义"。多年以后，作家披露自己的创作意图，不无感慨地道出："全国解放后，换妻空气正浓，许多不定全是感情不和、性格不合，诸多是见异思迁，造成不少不应该出现的寡妇孤儿。《金色的海螺》诗，包含了对此的不满，许多人未看出。"① 作家的原意，是针砭当时社会上"贪新厌旧""见异思迁"的不良风气，出发点和立足点都非常现实；在"获救—报恩—离别—重聚"的故事情节中，特别设计了海神娘娘将海螺变丑、又以美貌仙女迷惑少年的情节，这一严峻的考验无疑带有鲜明的针对性和时代色彩。但这种立意却隐藏至深，它被包裹在一个非常古老而传统的爱情传说中，以一种充满梦幻和浪漫的方式传达出来，无意中造成了创作和阅读（批评）的错位。而这种错位，或许还有更值得思考的时代的原因。

对现实生活中爱情婚姻问题的处理，一直是革命文艺中十分敏感的话题。在此之前，有《霓虹灯下的哨兵》，有萧也牧的《我们夫妇之间》，都涉及了中华人民共和国成立之初党最为重视的革命队伍的"拒腐防变"的

---

① 阮章竞. 阮章竞与友人论诗的信[J]. 长江学术, 2007（2）.

问题，特别是后者在短短一年半时间内面临的天悬地殊的两种境地，自然使得当时和后来的作家了解这类题材的风险所在。因此，阮章竞在落笔之时，转而大胆地启用民间的神话传说，并将批判深深地隐藏在赞美和歌颂之后，则在相当大程度上规避了这类题材带来的负面描写。这种选择和处理使得《金色的海螺》一诗得以从比较正面的角度得到大部分人的认可，但也是造成作品产生歧义的不争的原因。就作家的创作意图而言，这首诗，是完全现实主义的诗歌；而读者所认可的，却是完全浪漫主义的一种想象，如果不是多年后作家的"夫子自道"，恐怕这种"看不出来"还要继续下去。这番遭遇，也颇能折射出当年的创作境况。

由对现实的不满出发，《金色的海螺》一诗，指向的是一种人格上的"真诚"而非爱情上的"执着"——"故想通过少年的真诚，影响新的一代"。阮章竞自称："我原来就不着重于爱情。"此诗也并未以少年与海螺姑娘的爱情为线索，而是"突出纯真的友情与正直勇敢"，提倡少年与海螺之间真心实意、坦诚相待的相处之道。作家认为自己在爱情问题上绝不是保守的，"感情、趣味确实不合，离婚是正当的。但对爱情采取无所谓的思想，我不赞成"①。在作家看来，见异思迁的关键在于不真诚——对情感不忠诚、对自己的良知不忠实。"真诚""真实""真心"等词多次出现在阮章竞的诗文中。对于半辈子追随革命步伐、在人生的起落当中见识了政治酷烈与人事复杂的诗人而言，这番关于爱情的道白，事实上也在很大程度上体现了作家人格上的操守和坚持。阮老在 20 世纪 90 年代有一首儿童诗《我要学好》，全诗 4 节 22 行，首尾两节是：

> 我要学好，
>
> 不用靠聪明，
>
> 不用靠灵巧，

---

① 阮章竞. 阮章竞与友人论诗的信［J］. 长江学术，2007（2）.

> 只要自己
> 下定决心要学好,
> 哪个孩子都能做到。
> ……
> 只要从小到大,
> 牢牢记住"我要学好",
> 好孩子,就一定能做到。
> 只要从小到大,
> 一辈子做好事,
> 就一定为人高尚,
> 品德好。

这是阮老创作生涯中的最后一首儿童诗,读来颇有意思。如果从教育和宣传的角度而言,该诗未免太过直白粗糙。但是,联系诗人的人生经历和艺术追求,则不难看出,这既是对儿童的谆谆教诲,更可看作诗人一生创作与生活的自我总结。在晚年的回忆录《故乡岁月》中,老诗人深情地回忆了自己少年时期仅有的一次"赌钱"经历——母亲用他赌钱赢来的"六元钱"给他做了一身新衣服,然后用很沉重很认真的语气教导他说:

"阿竟,就赌这两回,以后可不要赌钱了!千万不要再赌钱,一定要记住妈的话!"她停了一会,脸色更严肃了,"你一定要学好,坏的事,一定不能学,不能做!"

我完全理解妈从高兴到不高兴的原因:高兴的是我没有输钱,不高兴的是我去学赌钱。我低头,不敢看妈的眼睛,但坚决地说:"妈,我一定记住的!"

真的,从母亲说这句话起,到现在写这篇回忆文字止,我都七十一岁了,我一次都没有再赌过。所以,我得出了一条道理:一个小孩子,凡是坏事都不学,凡是坏事都不做,谁都可以做到的，这不需要任何聪明才智，能干不能干，只要从小下定决心，就能做到。

从文艺心理学的角度看，这段文字包含着创作主体的丰富的创伤性体验。阮章竞是童工出身，13岁就到油漆店当学徒，艰苦的生存条件、繁重的工作压力、悭吝冷漠的老板，这些都让年少的阮章竞深深地感受到世态炎凉、人生困顿。但是，艰苦的物质环境，却从未动摇他精神空间内追求"真善美"的信念和激情。他的一生，见惯了许多兵荒马乱、混乱污浊乃至挣扎死亡，坎坷多变的人生际遇在他敏感的心灵上留下了难以磨灭的痕迹，但他坚持在作品中鞭挞丑恶、坚持向儿童展示一个充满希望的"真善美"的世界，这份执着是难能可贵的。晚年的老诗人有感于社会上的不正之风对少年儿童的腐蚀和影响，想起了母训，想起了自己的亲身经历，语重心长地写下《我要学好》一诗。诗中朴素的道理，其实正是他一生"为人为文"的追求。儿童文学最讲究"真"，借助儿童文学的形式来讲述"真诚"的故事，保持一份心灵的警醒和精神的坚守，是阮章竞的童话诗在思想上的闪光之处。

（二）

阮章竞的童话诗，出发点是对现实的思考，落脚点是对美好、良善的品格的赞美——正直、真诚、勇敢、机智、勤劳、坚毅……而其背后的情感归属，则连结着更为广袤深厚的家园情怀。家园是空间的一种生命承载体，也是生命情怀的寄托对象。

据《阮章竞评传》[①]一书记载，阮章竞20岁的时候离开故乡广东香山（即广东中山），自此走南闯北，辗转祖国各地。20世纪50年代，他和家乡亲人重新恢复了联系，又得享与家中妻儿的团聚，长期被压抑和自觉冻结在心底的家园之思渐渐地得到了释放，并借着当时儿童文学的创作热潮，自然而然地流淌在这一时期的童话诗当中。《金色的海螺》中"朝着大海歌

---

① 陈培浩，阮援朝. 阮章竞评传 [M]. 桂林：漓江出版社，2013.

唱"的打鱼少年对"绿绸被子似的""像一簇一簇的素馨花"的大海的亲近，《马猴祖先的故事》中那间飘散着粉果清香的乡间草屋，《牛仔王》中"珠江江水呜咽流"的深情和哀叹，《小姑娘与乌猿婆》中屋后光滑的井台……特别是这些童话诗当中那位在"芭蕉林里"唱儿歌、讲故事的"邻家婆婆"的身影，无不充满着岭南特有的"山气"和"海味"，浸透着诗人的乡情乡思，沉淀着他遥远又亲切的故乡经验。晚年的诗人，不仅完成了回忆录《故乡岁月》，作画时更喜欢落款"珠江老人""珠江阮章竞"，这份思乡的情怀可谓深厚浓郁。在阮章竞的童话诗中，这份乡情乡思更具体地体现为人与人之间亲密、和谐的关系，透露出一股浓浓的人情味。

《牛仔王》创作于1955年，1958年由中国少年儿童出版社出版，时隔39年后，诗人仍念念不忘，并于1996年5月重新改写。整首诗的情节并无多大的增删，但人物之间的关系网络搭建得更为密实。原作是诗人在配合中央广播电台朗诵录制《金色的海螺》一诗时，为说服中央广播电台的编者而"许诺"的以"阶级斗争的那套模式"来写的一首童话诗。既是按要求写作，创作时则自然把重点放在牛仔王和庄园主、地主、肥土地的斗争上，重点表现的是矛盾双方的阶级对立，讴歌牛仔王反抗压迫的勇气，表现人民群众的智慧和力量，带有那个年代的儿童文学"配合时代需要"而创作的"通病"。1996年的改写，则力求突破模式的限制，使得人物形象更为丰满，人物性格更加立体。作品中的牛仔王、放牛老阿公、水红菱、小牛倌、飞禽走兽等山野"居民"和珠江母亲等共同组成了一个富有人情味的民间世界。特别是其中的珠江母亲，化身渡江不得的阿婆，在得到牛仔王的帮助后，"捧着牛仔王的脸蛋，亲了额头又亲笑脸"，让人倍感亲切。如果说《金色的海螺》一诗中的海神娘娘代表的是手握大权、法力无边、高高在上的掌权者，那么珠江母亲则少了几分神秘的色彩、多了几许人间的情怀，成为人们战胜劫难的美好祝福。放牛老阿公病危前的磕头恳求、牛仔王帮助昏倒在水边的水红菱、水红菱哭足三天三夜求珠江母亲的搭救……所有这些情节，都编织起人物间充满人情味的关系网络，构成了与另一个人物序列（庄园主、地主、土地、黑将军）的对比，给人留下了深刻的印象。

在阮章竞影响比较大的三部童话诗当中，《金色的海螺》故事单纯、意境优美；《马猴祖先的故事》诙谐幽默、精简生动；而《牛仔王》则倾注了作家最多的心血，寄托了最深的期望。作者在1996年的《牛仔王》重写后记中，仍念念不忘当年"发表和出书之后，自己觉得写得不好，未把自己心里所想的、要说的写出来，对不住小读者，总想找个时间把它重写，但我始终挤不出时间"①。

此时，时过境迁，创作的风尚已经不再严格地捆绑在阶级斗争这面旗帜上了，有关儿童文学创作的主题、题材、表达技巧和艺术风格的讨论也更趋多样化。作家的改写显然更流露出他的真实想法和个人趣味。对乡情乡思的眷恋和怀念、对童年岁月中充满人情味和平民气息的人际氛围的重塑，使作家的心灵进入了一种温馨柔谧的丰富性体验中，成为他精神上的寄托和慰藉，成为他寻找真诚、自由和诗意的心灵的居所。"这首重写的《牛仔王》，改写得是好是坏，我自己也不敢苛求了，因为我已经是个82岁的老人，总算圆了39年的梦。"这种改写，这种圆梦的诉求，其意义自然是不一般的。更进一步说，亲情、乡情的纽带使诗人能暂时从喧嚣的尘世中、从人事的漩涡当中抽离出来，以一个乡间孩童的身份来看世界，强调"童心""童真"，追求"童言""童趣"：

> 我每为儿童写东西，一定会回到孩子年月里去。这时，我返老还童了。就是说，我是把自己成人后的阅历，经过理性的思考，写来交给现在的儿童。处处是用孩子的目光和心理，在观察、分析现实世界。我常说这种情况是"返童"现象。用孩子的心理、孩子的感情、孩子的语言，不用少用大人话，不用少用书面语。②

---

① 阮章竞.《牛仔王》重写后记[M]//阮章竞.金色的海螺.石家庄：花山文艺出版社，1998：145-146.

② 阮章竞.与青年朋友讨论儿童文学[J].文艺报，1986(18).

这是阮章竞从事儿童文学创作的自觉追求,与著名的儿童文学家陈伯吹在20世纪50年代提出来的"善于从儿童的角度出发,以儿童的耳朵去听,以儿童的眼睛去看,特别以儿童的心灵去体会"①的目标是一致的。这样一种创作姿态,也为读者提供了更多回味的余地和想象的空间。儿童文学的醇美、纯粹和真挚,由此得以建构。

(三)

在童话诗中,阮章竞以一颗诗人之心、赤子之心来体味人间冷暖、呼唤人间真情。细读他这几个童话诗篇,分明可以体会到童心、诗心、爱心的交汇。这当中,既有诗人对艺术的追求、对人格的坚守,亦有对作家社会责任的不离不弃。纵观阮章竞的童话诗创作,时间虽然比较短暂(集中),其价值却值得充分的肯定。对诗人而言,这一时期的童话诗创作,既容纳了他对现实的思考和批判,又承载了他的故园之思,且发展了他在叙事诗艺术构思上的探索,其意义是多方面的。

阮章竞是一位彻底的现实主义者,是社会责任感很强的诗人。他和他同时代的诗人,写诗都很有时代感和使命感。强烈的感时忧国精神和高度的意识形态化色彩使诗歌的面孔变得严肃而压抑。这一时期,倒是童话诗这种比较特殊的诗歌样式,显得更本真一些,可以满足作家的某种私人情感的释放和宣泄,也可以更自由地容纳阮老性格中的诙谐、幽默的一面。似乎在这种比较纯粹的艺术样式中,他的诗心和技艺可以得到比较自由的舒展。这些童话诗的语言风格其实是那个年代比较难得的个人话语,它与"一体化"进程中建立在对现代民族国家的想象基础上的全新的诗歌话语是很不一样的,它淳朴、真挚,较少携带阶级和意识形态的色彩。童话诗的创作领域虽然也出现了一些应制之作,但毕竟由于自身独特的文体属性,受到的牵制和规范不像其他文体那么明显。可以说,在这种体裁的创作上,

---

① 陈伯吹. 谈儿童文学创作上的几个问题[M]//锡金,郭大森,崔乙. 儿童文学论文选1949—1979. 北京:中国少年儿童出版社,1981:57.

作家相对来说还是比较自由的。

阮章竞童话诗的创作，从题材上看，是和前期以《漳河水》为代表的民歌体叙事诗完全不一样的类型，但具体到诗歌的想象方式、艺术构思，特别是叙事诗的人物塑造和叙述策略上，则有更多内在相通的地方。早在20世纪70年代就有评论家指出："《漳河水》在艺术上有较高的成就，主要表现在比较好地解决了叙事与抒情结合的问题，这得力于长诗的结构和语言。"[①] 以民歌体叙事长诗奠定诗坛地位的老诗人阮章竞，在《圈套》《漳河水》等诗的写作中，已逐渐摸索到了比较适合自己情感抒发和故事讲述的一种构思方式。这既体现在他所采用的"多重对照艺术"和"总分结合模式"[②] 上，也体现在诗人对典型场景的剪裁和对叙述节奏的把握和控制上。事实上，童话诗《金色的海螺》的艺术魅力，很大程度上就得益于这种结构上的探索。

《金色的海螺》故事情节集中、人物单纯，全诗除了首尾两节外共分四个部分，分别对应了四个相对独立的情节——少年搭救海螺、海螺化身报恩、少年与海螺许下盟约、少年三赴仙岛赢得祝福。这四个情节的"起承转合"设置得非常巧妙，衔接顺畅、收放自如，在紧凑的结构当中产生了一种灵动的跳跃的美感，有效地调节了叙述的节奏，让人感觉既干净利落又意犹未尽。例如该诗的第二节，写海螺向少年表白心意，"呜呜咽咽的声音"打动了少年，使他决心把海螺留下，当作"我家的一个人"。这部分最后定格在一个温馨又含蓄的画面中：

> 少年跑出门去，
> 采野花，割草兰，
> 野花铺成百花床，
> 草兰织成青纱帐。

---

① 孙绍振. 阮章竞的艺术道路 [J]. 福建师范大学学报（哲学社会科学），1979（4）.
② 陈培浩，阮援朝. 阮章竞评传 [M]. 桂林：漓江出版社，2013：89.

> 月亮光，穿过了天窗，
> 屋子里象银粉洒满地上。
> 少年甜甜地睡在木床上，
> 海螺香香地躺在花床上。

这样优美而清新的描写，既烘托出打鱼少年结识海螺姑娘的欢喜、快乐的心情，又向读者展示出一幅幸福的未来图景，将传奇性的情节和诗的抒情和谐地统一起来，并自然而然地过渡到后半部分的"考验"和"挑战"，从而使《金色的海螺》一诗更显清新隽永。无疑，《金色的海螺》一诗是成功的。精巧的构思、出色的剪裁、细腻的心理刻画配上充满诗意和韵味的语言，使全诗宛如一个精致的艺术品，构建了一个清新自然的艺术空间，令读者读之流连忘返、回味无穷。就叙事技巧而言，这首诗其实是阮章竞继《漳河水》之后的又一次新的尝试，结构上的匀称、平衡与内容上的单纯、集中相呼应，成就了《金色的海螺》一诗。这种比较定型的叙事模式，其实也是儿童文学作品中常用的模式。而当叙述的内容超出了传说、神话的范围而企图容纳更多的现实题材时，这种结构上的安排则面临着新的调整。《牛仔王》的创作（及20世纪90年代的重写），更体现了诗人为新的诗歌体裁（童话诗）寻找更恰当的表现形式的努力。

《牛仔王》在人物塑造和情节构思上都体现了作家超越此前童话诗创作模式的一种设想和追求。在人物塑造上，他希望将牛仔王写成一个"比孙悟空更受儿童少年欢迎的神通广大的人物形象"，即既包含了时代特色、彰显了时代精神，又更能体现作家的想象力和心灵寄托，也更富有现实针对性和教育意义的人物形象。这样的艺术典型显然需要有更生动、形象的故事情节来烘托和塑造，因此，《牛仔王》在情节设置上则更加跌宕起伏：牛仔王勇救红菱，为小牛倌出谋献策，珠江母亲授以芦笛，牛仔王惩治肥土地、勇斗黑马将军，牛仔王被钉海岛洞……可以说一波三折，将传说与现实、奖励与惩罚、友情与爱情等诸多要素糅合在一起，既要容纳更为复杂的戏剧性情节，又必须保证结构的严谨和统一，还要充分考虑儿童小读者的接受能力，这就对作家的艺术构思提出了更高的要求。作为一名对诗歌形式孜孜不倦的"勘探者"，阮章竞想努力摆脱原有的叙述模式和语调，将更多的头绪、更充实的内容、更立体的人物、更丰富的心理变化熔铸为一炉。他尝试通过取消《牛仔王》原诗"一二三四"的结构划分来追求全诗更浑然一体，显然是想超越《金色的海螺》一诗比较定型的艺术结构，但这种尝试却没有成功。特别是全诗的开端部分，内容显得较为松散、臃肿，影响了全诗的艺术效果。这种遗憾由于时代的原因没能在其后的童话诗创作中得到弥补，却能启发人们对童话诗的艺术规律做进一步探寻。

阮章竞曾说过："每一个成功的作品，总要有作家的想象力、心灵寄托；通过想象达到艺术的美，进而也反映了作家内心追求的世界实质。写给孩子们看的文学作品，更是寄托这种美和心灵的追求。"① 阮章竞比较集中创作童话诗的时期，正是他在作协工作中疲惫不堪，深感"这个地方不能再干了"的时候，也正是他即将踏上去包钢的列车，踏上新的人生、艺术征程的时候，在他不满足于已有的创作成就而又尚未找到新的艺术形式来继续放歌的时候。童话诗既为阮章竞提供了慰藉灵魂、安顿诗心的精神栖息地，又为他诗艺的丰富提供了一个探索的全新空间。在政治运动尚未乌云压顶的短暂的1955年，阮章竞以其数量不多却风格独特的童话诗创作，开辟了他创作生涯上的一块新的领地，与前期的民歌体叙事诗、后期的古风歌行体工业叙事诗共同构成了阮章竞诗歌创作道路上"百花齐放"的局面。

---

① 阮章竞.与青年朋友讨论儿童文学[J].文艺报，1986（18）.

第三节 新诗文体的典型意象①

由于当代诗歌是在古典诗学和欧美诗学的共同影响下形成的，因而，"意象"成为构建当代诗学空间的支柱性要素，也是认识现代汉诗的核心元素。

"麦地""卧室""乡野"三个诗歌意象，是20世纪现代汉诗的空间诗学符号。诗歌中的"空间"不仅仅是物理性的人、事发生场景，不仅仅是偶然的诗歌装饰性需要，更是一种诗歌中的人文性空间想象。诗学空间也不仅仅是一种本体诗学意义上的修辞选择，它深刻地受制于诗人的文化立场和哲学观念，并呈现为一种文化诗学。诗歌中的"空间"符号，成为我们透视诗人心灵场景和时代文化景观的重要通道。

空间不仅仅是人生存其间的一种客观维度。在诗歌写作中，空间作为诗写的重要元素往往被转换为多种符号象征参与了诗歌意义的建构。同时，那些带有强烈空间意涵的诗歌符号，具有超越诗歌修辞学的意义——现代汉诗的空间诗学跟时代文化症候有着千丝万缕的关系。因而，空间诗学兼具了本体诗学和文化诗学的双重意义。它成为我们以诗歌观照时代，以时代重审诗歌的重要通道。本文选取"麦地""卧室""乡野"三种重要的空间符号（或者符号序列）来呈现20世纪80年代以来现代汉诗空间诗学跟文化症候之间的密切互动。从某种意义上说，"麦地""卧室"和"乡野"正是八九十年代和新世纪第一个十年最有症候意义的空间符号。这些符号的转换，恰恰构成了过去30年的文化变迁。

一、"麦地"与20世纪80年代"悲剧英雄"的身份想象

进入20世纪90年代以后，海子是迅速被经典化的诗人。然而，海子诗

---

① 本节内容由陈培浩博士执笔。

歌却并非没有争议。于坚甚至认为海子是典型的青春期诗人，并称"老是谈论海子是这个国家审美上比较幼稚的一种表现"①。如何面对关于海子的这种争议？如何解释海子所受的热捧和差评？海子的流行和被批判难道仅仅是一种逝者致幻效应产生的赋魅与祛魅？抑或这里面勾连着一种更加复杂的文化症候。"麦地"作为海子诗歌流传最广的空间符号，事实上提供了我们回答问题的入口。

很多人已经习惯用"麦地诗人"来称呼海子，有评论者认为海子诗中的"麦子"，"成了虽然渺小，但却深深地依恋大地、顽强地与命运抗争、苦苦执着于理想的追求者形象"。海子的"麦地"为诗歌提供了"苦难而美丽的生存背景"，"在海子笔下，麦地的内涵也是丰富的，一方面，呈现为静谧的风景，承载着劳作的美丽；另一方面，又是延展着荒凉的大地，布满了哀伤的村庄"②。诚然，"麦地"是海子诗歌念兹在兹的意象。在《麦地与诗人》中他写道："在青麦地上跑着／雪和太阳的光芒／诗人，你无力偿还／麦地和光芒的情义。"这意味着，"麦地"不仅仅是诗人偶然经过的自然场景，不仅仅是诗歌情境的装饰性元素，"麦地"是诗人理想人格的滋养地。或者说，"麦地"承载着海子关于诗人的身份想象——在凡俗眼光之外对于世界痛苦而执着的质问和承担。在此意义上，"麦地"成了"神秘的质问者"和"坚定的承担者"。这一切在以下诗句中表露无遗：

麦地／别人看见你／觉得你温暖，美丽／我则站在你痛苦质问的中心／被你灼伤／我站在太阳 痛苦的芒上／麦地／神秘的质问者啊／当我痛苦地站在你的面前／你不能说我一无所有／你不能说我两手空空／麦地啊，人类的痛苦／是他放射的诗歌和光芒！（《麦地与诗人》）

---

① 何映宇. 于坚：海子只是一般的诗人，老谈论他是幼稚表现［N］. 新民周刊，2009 - 05 - 27.

② 高波. 现代诗人和现代诗［M］. 昆明：云南人民出版社，2005：145 - 146.

值得特别注意的是，诗歌中"别人"和"我"这两个世界的分裂。"别人"眼中的"温暖和美丽"并不构成对"我"的价值干扰，"我"从这一切义无反顾地分裂出来，理解了"麦地"的精神内涵。"麦地"事实上是诗中"神秘的质问者"的精神兄弟，他们深为别人所无法理解的神秘，义无反顾成为"坚定的承担者"。因此，虽然"我痛苦"，但"你不能说我两手空空"，痛苦的承担成了生命意义的最大承诺。当海子在诠释"麦地"时，他事实上诠释了他关于诗人身份的想象。

在《黎明》等诗歌中，"麦地"的空间符号被压缩而转换为"麦子"，并置于"黎明"这样的时间符号中。然而，稍加注意便不难发现，"美丽负伤的麦子"，依然被镶嵌于"荒凉大地承受着更加荒凉的天空"的痛苦承担的精神结构中，"麦子"符号创造的依然是孤绝负重的形而上精神主体。

事实上，"麦地"不但是20世纪90年代初大批青年诗人竞相效仿的符号，也是80年代很多优秀诗人的共鸣箱。骆一禾在《大黄昏》中写道："走了很久很久/平原比想象更遥远/河水沾湿了红马儿的嘴唇/青麦子地里/飘着露水/失传的歌子还没有唱起来。"西川的《云瀑》这样写道："麦地尽头的云瀑，但丁的/云瀑。麦地尽头的/齐刷刷展开的苍灰的云瀑/挡住雷暴和惊恐。"

和海子一样享有盛名的北大诗人骆一禾和西川的诗歌中"麦地"的出现，并不能简单理解为友人间的修辞借鉴。事实上，影响的焦虑常常使很多诗人有意识地回避过于常用的意象。所以，如果仅从意象修辞的角度，并不能解释"麦地"对于海子及一大批诗人致命的诱惑。这就是说，我们不能仅从本体诗学的意象范畴来理解"麦地"及其传播。我们应该从文化诗学和文化症候角度来理解"麦地"作为诗学空间的含义及其所携带的文化信息。

如上，我们已经指出："麦地"最核心的要素乃是一种形而上的诗人身份想象。"麦地"所开启的这个形而上的、悲剧英雄式的身份想象视域，才是"麦地"跟海子诗歌的内在关联。在这个视域中，诗人是绝对高蹈的王，诗人承担世界的痛苦，但痛苦承担又转而承诺了诗人存在的绝对意义。镶嵌在这个想象结构中的精神与现实的内在紧张既构成了"麦地"想象的精神吸引力,也构成了"麦地"诗人在世俗生活中的水土不服。这事实上正是海子诗歌被热捧同时也被质疑的原因。

隔了20多年我们会发现,"麦地"诗人其实正是一种典型的20世纪80年代诗人的身份想象——虽然80年代并不仅有一种诗人身份想象,但是这种形而上的、弃绝日常而承担痛苦的身份想象却又深深地内在于80年代的文化氛围。现代诗人的身份想象,既有别于传统士大夫的"零余人"——"现代读者对现代汉诗所代表的新文学典范的陌生感。在消极意义上,诗人常自认为'零余人'"[①]。这更具现代知识分子色彩的悲剧英雄——诗人则在"流放与超越"中建构起"作为悲剧英雄"的新知识分子形象。这是诗人身份现代化过程中产生的转化,诗人身份变成一种更加独立、更具批判色彩和审美自律性的想象范畴。但是,现代诗人的身份想象跟时代之间依然有着密切的互动关系。八九十年代的时代转折便带来了诗人身份想象的鲜明转向。这种转向,周瓒描述为:"从一体化的体制内的文化祭司,到70年代末至80年代末与'体制''庞然大物'既反抗又共谋又共生的文化精英,到90年代以来身份难以指认的松散的一群人。"[②]

20世纪八九十年代的文化转折使得诗人不再可能继续扮演文化先知、悲剧英雄的角色。作为一种维持诗写的方案,80年代诗歌中已经有所呈现,但并未被时代充分选择的日常性、叙事性、语言技艺的技艺者身份在90年代被充分放大。这个转折过程,使得"麦地"所表征悲剧英雄的文化空间被迅速压缩。90年代初,并不乏一批维持着80年代文学想象的读者。对于他们而言,"麦地"的那种形而上性、悲剧英雄底色依然具有强大的精神感召力。而且,在一个迅速世俗化的时代,悲剧英雄式的诗人想象依然构成

[①] 奚密. 现代汉诗:1917年以来的理论与实践[M]. 奚密,宋炳辉,译. 上海:三联书店,2008:31.

[②] 洪子诚. 在北大课堂读诗[M]. 武汉:长江文艺出版社,2002:424.

了一种重要的世俗批判维度。这是海子及其"麦地"在90年代依然盛行的原因。但由于"麦地"作为一种精神空间所释放的是一种跟90年代日常性、及物性格格不入的精神气息，它事实上是作为上一个时代的典型身份想象延续于下一个时代，这又造成了它在诗歌圈内部必然的争议。

概言之，"麦地"不仅是修辞意义上的意象，而且是空间诗学意义上的精神身份投射。海子在"麦地"这个空间中投射了一种极具感染力的先知式悲剧英雄想象，这使得"麦地"既迷人，又在世俗化氛围日浓的20世纪90年代迅速被边缘化。透过"麦地"这个诗学空间，我们也得以管窥一种时代气象的逝去。

二、"卧室"：性别化和去性别化

"卧室"无疑是20世纪80年代以来现代汉诗中另一个具有症候意义的空间符号。换言之，"卧室"在新时期文学中的出场和隐没是全局性现象，而非孤立的诗歌现象。但作为一种"春江水暖鸭先知"的文体，"卧室"作为一个空间符号在诗歌中的出现要远早于小说。80年代伊蕾、唐亚平等诗人在诗歌中将"卧室"性别化，她们通过对"卧室"空间的书写，释放出浓厚的女性意识。直到90年代，人们才在林白小说的卧室空间书写中，读到女小说家通过卧室空间对女性身体主体性的重新思考。

在这方面，最为人津津乐道的莫过于伊蕾的《独身女人的卧室》。这首由十四首诗构成的组诗中，每一首的最后一句都是"你不来与我同居"。这里呈现的女性掌控自身情欲和身体的主动姿态，在彼时自是惊世骇俗而具有鲜明的先锋性质。然而，抛开道德化的鄙薄和标签化的赞美，我们会发现"卧室"在这里释放了一种中国文学前所未有的性别化空间。反过来说，伊蕾以及后来一批文学同道正是通过对"卧室"空间的选择和改装使其获得了对一种崭新性别意识的诗学承载力。在组诗之二《土耳其浴室》中，诗人写道：

这小屋裸体的素描太多/一个男同胞偶然推门/高叫"土耳其浴室"/他不知道在夏天我紧锁房门/我是这浴室名副其实的顾客/顾影自怜——四肢很长，身材窈窕/臀部紧凑，肩膀斜削/碗状的乳房轻轻颤动/每一块肌肉都充满激情/我是我自己的模特/我创造了艺术，艺术创造了我/床上堆满了画册/袜子和短裤在桌子上/玻璃瓶里迎春花枯萎了/地上乱开着暗淡的金黄/软垫和靠背四面都是/每个角落都可以安然入睡/你不来与我同居。

"一间自己的房间"从来就是女性主义者的象征性口号。在伊蕾这里，这间房间却又不是"书房"这类精神性的空间；也不是"客厅"这类更具社会性的空间。伊蕾把文学镜头对女性自己房间的观照直接推进到"卧室"——一个更具鲜明私密意味的空间。然而，这里的"卧室"却并非传统文学中的"闺房"和"床帏"。"闺房"的闲情小感、离愁别绪依然不脱传统男权文化的话语空间，而"床帏"的文学书写则更是典型地打上了男性欲望化观看的性别立场。因此，伊蕾的"卧室"虽然和"闺房""床帏"指向相同物理功能空间，虽然同样指向身体书写，却包含着重新定义这个被传统性别习见所垄断空间的意味，这就是笔者所谓的卧室空间的性别化的意义。在这个卧室空间中，女性凝视自己的身体，并进而认定自身的主体性和欲望的自主性。虽然末句"你不来与我同居"，可是次句却是"每个角落都可以安然入睡"，因此末句呈现的不是一种花痴式情欲迷狂的吁请，反而是一个精神自主、情欲自觉但却主宰自身欲望的女性形象。

在"卧室"这个空间符号中投射性别想象在20世纪八九十年代成为一种日渐共享的思路。唐亚平在同样写于80年代的《黑色睡裙》，诗中紫色的窗帘、发红的壁灯、黑色睡裙和夜半来访的男人使得独居女人的家弥散着浓厚的"卧室"氛围，可以视为泛"卧室"空间符号。诗人并未通过女性对身体的自我凝视来创造主体性。在这个两性的交往空间中，女人虽然身穿黑色睡裙——充满着性诱惑的文化符号——但女人却依然牢牢掌控着自身欲望的节奏。她不是男性的欲望投射，所有的暧昧氛围不是为了铺垫"女人作为男人猎物"这一古老性别表达式。这首诗事实上建构了一个深度的女性内心世界：既有欲望的骚动，又牢牢掌控着自身的节奏；在自己的房间中约会，在暧昧的氛围中守持着"浓茶"的清醒。最终，女人没有成为男人欲望的猎物，也没有成为自己欲望的囚徒，消受的是"夜色越浓越好/雨越下越大越好"这份骚动与守持之间的自主性。诗人为这份自主性创设的诗歌符号是"一个深不可测的瓶子"，却被用来"灌满洗脚水"。

透过"卧室"空间进行性别化想象的诗写方案显然跟西方女性主义思潮有着密切的关系。众所周知，西方女性主义理论经历过几个不同的阶段，早期的女性主义理论主要侧重于争取女性的社会和政治层面上的权利。而随着西苏、克里斯蒂瓦、伊利格瑞等法国女性主义理论家的崛起，女性主义的关注点从性别平等、性别平权而进入对女性特质及欲望自主性的强调。西苏认为，处于父权制文化压制之下的妇女没有自己的语言，只有自己的身体可以凭借，所以她提出了"躯体写作"的口号，主张"让身体被听见"①。

显然，诗学空间符号的选取严格地受制于其背后的社会文化想象。同样强调女性自己的房间，对于伍尔芙而言，这间房间并不承载着女性的身体自觉。因此，它更像是一间"书房"。而正是因为有着法国女性主义者"躯体写作"这层文化立场，女性个人空间会在诗歌中被性别化而成为"卧室"。

必须说，20世纪80年代以来的女性写作一直就是多维发展的，"躯体写作"推动下的"卧室"空间想象只是其中之一。同样在女性意识推动下，在翟永明那里更多地催生出一种"黑夜"的时间意象想象。在唐亚平那里主要催生出一种"黑色"的色彩想象。（唐亚平《黑色沙漠》系列）同样

---

① 西苏. 美杜莎的笑声[M]//张京媛. 当代女性主义文学批评. 北京：北京大学出版社，1992：194-195.

是在女性主义背景下产生的诗歌，同样诉诸诗写过程中的空间想象，陆忆敏的《风雨欲来》选择的空间就不是"卧室"，而是"院子"："你已在转椅上坐了很久/窗帘蒙尘/阳光已经离开屋子//穿过门厅回廊/我在你对面提裙/坐下/轻声告诉你/猫去了后院。"

这首充满留白的诗歌中女性居留的空间就不是性别化的"卧室"，这并非偶然。事实上即使是《美国妇女杂志》这样带有鲜明女性宣言色彩的诗歌，陆忆敏援引空间来进行性别表达时选择的依然是"刺绣场景"等带有典型性和隐喻性的符号。这意味着，同为女性写作，不同的写作观念和立场将推动着不同的空间想象。就此而言，"卧室"在诗歌中的浮现，不是偶然和装饰性的，而是带有症候意味的文化表征。而"卧室"在诗歌中的浮沉，又勾出了另一番复杂的性别文化境况。

20世纪90年代中末期，在图书市场和商业文化的双重推动下，为女性寻求摆脱父权文化宰制的新语言的躯体写作渐渐被空洞化，"躯体"之名的写作在推出多位"宝贝"作家之后渐渐成为受制于欲望化阅读的消费写作。进入新世纪，在日益严峻的阶层分化和现实焦虑的背景下，在"底层写作"的新浪潮中，"躯体写作"终于耗尽了合法性并迅速污名化。以至于诗歌中"卧室"符号空间的严肃性不再被认真对待，并常被作为女性可有可无的"狭隘自我经验"的呓语式表达。如今，很多批评家对女诗人的谆谆教诲是：不要执着于成为"女性"诗人，成为"诗人"就可以了。这番看来客观诚恳的劝导，再次模糊了"女性写作"挑战父权制、再造自身语言的问题意识和严肃态度，把"女性的"自主性问题指认为可有可无的轻浮撒娇。

要言之，"卧室"作为空间诗学符号的意义绝非物理上的。20世纪八九十年代以后"卧室"空间的兴起意味着一种崭新的女性主义身份设计和自我想象的形成，它是女性写作者掌控自我欲望和生命节奏的诗歌表征。

三、"乡野"空间的勃兴：作为一种现代性焦虑的表达

"乡野"的勃兴在新世纪诗歌中同样带有症候意味。这里的"乡野"不

仅是对具体乡村空间物理现实性的书写，更是对乡村空间进入符号世界过程中的价值表述。"乡野"于是摆脱了"乡村"的物理空间确定性，而成为与都市批判、精神返乡等一系列命题息息相关的文化空间符号。

在改革开放二十年之后的新世纪，在中国社会改革进入更深广领域、城镇化规模持续扩大的现实背景下，文学中"乡野"空间的浮现和扩大，构成了一个不容回避的文化现象。新世纪以"乡野"为表现对象的作品可谓层出不穷。小说方面，贾平凹的《高老庄》《秦腔》、阎连科的《丁庄梦》、毕飞宇的《地球上的王家庄》《平原》；散文方面，刘亮程的《一个人的村庄》、韩少功的《山南水北》、熊培云的《一个村庄里的中国》、梁鸿的《中国的梁庄》《出梁庄记》；诗歌方面，许敏的《纸上的村庄》、徐俊国《鹅塘村纪事》、谭克修的《回乡纪事》、雷平阳的"土城乡"诗歌以及关于云南山川及乡村的大量诗歌。20世纪80年代文学中的市民空间、90年代的城市空间的勃兴，都是应时之物。何以进入新世纪，"乡野"却突然风头盖过"都市"，一跃而成为文化焦点？

显然，"乡野"空间的释放正是一种现代性焦虑的曲折表达。就那些关涉"乡野"的诗歌而言，无不透露出一种为乡村复魅的努力和返乡的艰难形成的纠结。在《纸上的村庄》这组获得"九月诗歌奖"的诗歌中，许敏要为村庄复魅。他的诗笔触及村庄一切与人类古老情感相关的风物。他写村庄的麦垛、稻田和雪，他写泥土的心跳和蚂蚁的呼吸，写桂花、槐花和油菜花，写麻雀、燕子和一只掠过水面的鸟……他写"和爷爷一样活得有耐心"的枣树，他"用体内珍藏的这滴墨水/书写对故乡连绵不绝的爱"。在《大雪覆盖的草垛》中，"大雪来得疯疯癫癫"，"祖母开门与大雪撞个满怀"，祖母"给牛栏抱草/大雪覆盖的草垛"在祖母的照料下"安安静静"，"像只安详的绵羊"。你会发现，他的心中，村庄仍是一片万物有灵之地。这样的诗行，在《晾衣绳上的露水》《一匹马拉动的秋天》《槐花在夜色里闪着微光》等诗歌中表现得特别突出。

但这只是许敏诗歌的一面,他的笔下,并不都是这样美好。在"雪被弄脏"的浮世上,他并非盲目地在为村庄复魅,他还真切感受着浮世的艰难。许敏的村庄诗歌,在更深的层面上触及了返乡和信仰的艰难,在无地徘徊中的摸索前行——正是我们的精神境况。比如《献诗》,这首诗呈现了许敏村庄诗学的信仰维度,"树顶的星群",如我们内心的风暴,我们都被卷入其中,如何去"紧抱信仰并获得平静",这是我们的当代任务。我们能做什么呢?或许正是"手握青草,持续地高烧,把夜晚看成是一垛堆高的白雪"。

对于诗人们而言,乡村并非纯然未受现代工业文明污染的美好;乡村寄托着他们爱与哀愁的精神认同,但同时,他们也力图敞开乡村生活中的禁忌、死亡、伦理的破碎和精神返乡的困难,譬如徐俊国《春节》,此诗选择以"春节"为题,这是一个在传统乡村最热闹、代表着团圆和喜庆的时间符号,但这首诗却弥漫着一种深沉的悲哀。这里渲染的不是还乡载欣载奔的归属感,反而是一种无所不在的疏离感。返乡的人只能独自"去蛤蟆岭捡松果",这里透露的是身体还乡,精神无法还乡的浓重寂寞感。(这种寂寞,跟鲁迅的《故乡》何其相似!)还乡没有融入一种归来的热闹之中,却因寂寞而获得了一个对故乡超然的凝视角度。大雪在天上等着,等"我"站到山顶上,再瞬间把"我"的小村子完全覆盖,于是,小村变白骨……此诗毋宁说是一出家园变形记。

村庄,作为乡土最重要的居住单位,对于它的反复摹写,事实上关联着当代人的精神难题。伴随着现代化和都市化的过程,乡土常常成为文学现代性返观的对象,正如陈晓明所说,乡土"也是现代性的一个有机组成部分,只有在现代性的思潮中,人们才会把乡土强调到重要的地步,才会试图关怀乡土的价值,并且以乡土来与城市或现代对抗"[①]。换言之,"乡

[①] 陈晓明. 中国当代文学主潮[M]. 北京:北京大学出版社,2009:556.

土"总是作为"城市""现代性"的对立面或替换性价值出现的。村庄写作的勃兴,某种意义上正是现代性危机的精神症候。当人们越是深切感受到城市的危机时,乡土或村庄越是作为一种替代性价值被使用。然而,当人们回首村庄,却发现已经处于一种倒挂秩序时,对"乡关何处"的追问便成了一种时代的声音了。

不难发现,在"现代性"的危机中,才有文学"乡野"的勃兴。人们借由"乡野"辨认乡土的破碎或确认一种与挤压性都市价值相区别的生命伦理。"乡野"空间也是我们透视新世纪的重要空间符号通道。

综上所述,"麦地""卧室""乡野"三个诗歌空间符号,共同搭建了空间诗学的审美基础,同时也是当代诗歌中最为显著的审美意象典型。显然,诗歌中的"空间"不仅仅是物理性的人、事发生场景,或者偶然的诗歌装饰性需要,诗歌中的"空间"想象,更是一种本体诗学意义上的修辞选择,它深刻地受制于诗人的文化立场和哲学观念,并呈现为一种文化诗学。诗歌中的"空间"符号,因此便成为我们透视诗人心灵场景和时代文化景观的重要通道。

第四节 自我:空间的内在诉求

"自我"的诗学观念是现代汉诗的一个重要话题。郭沫若在《女神》中塑造的"自我"形象,为新诗的言说确立了话语据点。它一方面指向对旧制度、旧世界、旧我的否定,另一方面又试图建立起一种全新的抒情原则,拓宽了"自我"的领域和新诗的话语空间,并通过诗歌美学的革命,体现了"自我解放"和"艺术创新"的强大动力,达到个人解放与社会革命的统一。从创造社到我们社的诗歌创作,典型地反映了20世纪中国新诗在追求"现代性"过程中陷入的"自我迷思"。这不仅仅是新诗自身美学范畴的难题,它更呈现了新诗在社会、历史、文化语境中的困境。

百年新诗的"变",是新诗不断寻求空间拓展的"变",这种"变",从诗歌的内核而言,就是"自我"观念的嬗变。"自我"的嬗变,因而可视为现代汉诗寻求新的言说空间的内在诉求。这种诉求,由郭沫若开启,更集中地体现在创造社诸诗人的诗歌实践中。因此,考察创造社诗歌中"自我"的嬗变历程,对我们理解新诗空间拓展和变化也富有启发意义。

一、创造社"自我"的诗性创新

创造社文学活动的诉求,体现为通过美学领域的革命,达到对现代诉求的承担,对社会革命的呈现。而这一切,都建立在"自我"形象的塑造上。创造社的"自我",是以"个人主义"为根基的:"在个人主义的价值体系中,一切均以人为中心,关注人对自身的观照、审视和反思;注重人格的独立和个性的自由;强调人全面和谐的发展。个人主义作为西方文明的精髓和核心,作为贯穿西方近代文化的一种精神,作为中国文化所缺少的思想意识,成为五四时期先觉者们从西方'拿来',向中国'输入'的一种主要的社会哲学思潮……它唤起了'人'的觉醒、'自我'意识的觉醒,把人们从原有的现实秩序和传统价值观念的长期禁锢中摆脱出来,自主地面对着世界。'自我'成了衡定一切价值的标准,人的主体意识得到了从未有过的深化。"[①]

创造社对于"自我"形象的塑造,不仅体现在他们的小说、散文等作品中,也体现在他们的新诗创作中。郭沫若的《女神》塑造的"自我"形象,是西方"个性解放"思潮和五四"人的文学"在新诗中的体现。它蕴含着一种巨大的"破坏"潜能和"建设"热情,既充当了批判、介入的角色,又承担了抒情的责任。从"自我"出发,初期创造社形成了"表现自我"的文学观念,在新诗创作和诗歌译介(包括"古诗今译")中,体现了

---

① 王丹丹. 论中国新诗发展中的个人主义思潮(1917—1949)[J]. 中国矿业大学学报(社会科学版),2004(6).

"自我解放"和"艺术创新"的强大动力。

尤其是创造社前期的文学思想,用郭沫若的一句话归总,"便是极端的个人主义的表现"①。创造社的"个人主义"主要是接受了德国浪漫主义的"个性"概念的影响,将个人定义为"特定的、不可替代的既定个体","需要或注定去实现他自己特有的形象"。它"起初是作为一种对个人天才和创造力,尤其是对艺术家的崇拜,强调个人与社会的冲突,以及主观、独处和内省的无上价值",突出了个人的独特性、创造性和自我实现,与启蒙运动的"理性的、普遍的和不变的标准形成了鲜明的对照"②。这种"个人主义",正如有的论者指出,是作家建立在"自我解放、自我建设、情感的解放、不受外在约束的独立性,以及对自己的诚挚"③ 之上的一种精神状态,其核心就是来自西方的"自我意识"。

创造社诗歌最大的特点,在于其"多变""善变"。"变",从表层来看,是诗歌风格发生了变化,其实质是对"自我"认识的不断突破和拓展。早在创造社成立之前,郭沫若就出版了诗集《女神》,以其强悍狂暴、高昂明亮的诗作震撼了五四青年,为尝试期的新诗带来了崭新、强大的风格,在当时被誉为"空谷足音",日后更受到普遍的推崇,认为它"比谁都出色地表现了五四精神,那常用'暴躁凌厉之气'来概说的五四战斗精神"④。《女神》典型地代表了五四时代对一切传统方式,价值观念,固有信仰、取向的抛弃,但这种亢奋、昂扬、乐观的个人浪漫主义在五四落潮之后,无法再成为支撑诗人个体生命体验的抒情美学,在时代氛围和个人生活际遇的影响下,激情开始回落,诗作的风格逐渐流露出感伤的弥漫,郭沫若的

---

① 麦克昂(郭沫若). 文学革命之回顾[M]//饶鸿竞,陈颂声,李伟江. 创造社资料. 福州:福建人民出版社,1985:660.

② 卢克斯. 个人主义[M]. 阎克文,译. 南京:江苏人民出版社,2001:15.

③ 李欧梵. 现代中国文学中的浪漫个人主义[M]//中国现代文学与现代性十讲. 上海:复旦大学出版社,2002:40.

④ 周扬. 郭沫若和他的《女神》[N]. 解放日报,1941-11-16.

《星空》及初期创造社成仿吾、邓均吾等人的诗作就是代表。这种传承五四新文化衰落而来的个人的感伤、内心的寂寞与世纪末的情调一拍即合，使中期创造社的诗歌活动总体上弥漫着浓重的感伤，并因这种感伤主义接近了西方的象征主义诗歌，在风格上体现出颓废—唯美的特点。因而，创造社的诗歌风格不断变化，是诗人的文学（诗歌）诉求在社会、时代的压力中发生变化的结果。创造社"自我"形象的塑造和突出，是20世纪中国诗歌中的一个重要节点，也是20世纪中国思想领域的一个重要里程碑。

创造社的诗歌创作，从总体上看，体现为"诗歌革命"到"革命诗歌"的变化，在历史的合力中渐渐地从丰富多元演变成单调一元的诗歌形态。在创造社诗歌"多变""善变"的发展过程中，"革命"作为一种激进的姿态和创新的动力，成为创造社诗歌变化的内驱力。从推崇诗歌对个人情感和个性张扬的表现，到确立诗歌作为革命宣传的工具，诗歌的社会功能逐渐压倒美学价值；在意识形态的逐步规范下，"革命"由精神上的个人解放和艺术上的美学创新，转变为对社会革命内容的自觉认同和对个人空间的否定。

总体而言，早期白话诗中的"自我"带着强烈的人道主义关怀，独立价值显得较为贫弱。正是创造社将"个人主义"内化为一种积极的文学主体性原则，确立了"自我"在文学中的地位，充分肯定自我的欲求，大胆袒露自我的内心世界，将五四文学笼统的"人的发现"落实到新诗创作的精神层面和美学层面，由此带来了个人解放、社会革命和艺术创新的强大动力。

二、诗性"自我"的美学建构

在郭沫若的诗歌观念中，抒情与美学是同构的，作为精神主体的"自我"因为反抗旧制度而取得了合法性地位，被作为时代精神固定下来并普及开来。作为主体的青年，对社会没有深刻认识，此后时代精神的发展必然也要促使其发生变化;而作为一种美学主体的"自我"其实也并没有建构起来。这样,"自我"在面对发展变化的现实时,就容易分裂。"自我"一方面不是西方的纯粹"唯我主义",中国社会现实的羁绊,使其体现出启蒙的价值和追求,于是越来越偏向批判;另一方面,这个"自我"没有得到深入发展,因此无法形成一个创造性自我来把握自我与世界的关系,渐渐地走入感伤的低迷。于是,诗性"自我"就这样挣扎在个体性"自我"(小我)与革命性"自我"(大我)之间,难以突破。

从理论上看,主张诗形的"绝端的自由,绝端的自主",并不等同于可以随便写诗。郭沫若认为"诗的创造是要创造'人',换一句话说,便是在感情的美化(refine)";他认为艺术的训练是必要的,但是"训练的价值只许可在美化感情上成立",意思是写诗不必考虑形式,但要先美化感情,感情美化了,诗形自然便美;他据此为自己一些不成功的诗作找到了失败的原因:"我的诗形不美事实正是由于我的感情不曾美化的缘故……我今后要努力造'人',不再乱做诗了。"①"美化感情"实际上触及了诗情提炼的问题。但他出于主情主义的诗学思想,不曾从诗情与诗的形式的相互关系上进一步考虑情绪的美化,即如何通过两方面的反复调适使诗情的节奏合乎美的规律,同时使诗情的质地更加纯粹。诗学思想上的这一欠缺,带有时代的烙印,显然也影响了郭沫若后来在创作上没能取得更大的成就。他没有用意志力把诗情积蓄起来,在诗情与形式的反复激荡调适中,把诗情提炼得更为醇厚,也使形式变得更能体现出内美来。他让激情自主喷发,结果是失去了艺术上更趋完美的机会,也损害了诗情的内质。

创造社诗歌"革命"内涵的缩减过程,典型地体现了中国作家在现代处境中的"社会承担"和诗歌的"美学要求"之间的矛盾。"革命"作为一种新的现实需要,代表了当时的意识形态要求,这种外部的社会诉求和

---

① 郭沫若. 郭沫若致宗白华函 [M] //郭沫若全集·文学编:第十五卷. 北京:人民文学出版社,1990:49-50.

内在的诗歌美学观念的纠缠，造成了"革命文学"的驳杂局面。对"革命"的青睐和自觉认同，体现了中国作家浓厚的感时忧国的情怀，一种"道义上的使命感"①。

中国社会现实越来越紧迫的革命需要严重挤压了文学的美学价值，以民族和国家为基本内涵的政治话语逐渐代替了浪漫主义自我的强烈个性。当"小我"遇到了"大我"，诗人甘愿抛弃具体的个人情怀，投入到革命的洪流当中，那种"忽隐忽现的伪英雄气概和滥而失真的中式浪漫主义高调"②就再度掀起高潮。值得注意的是，在革命影响诗人文学观念发生变化的同时，作为一股强大的推动力，它也直接刺激了社团人员的分流和重组。在创造社成立之初，郭沫若曾说过："一个团体便是一种暴力，依恃人多势众可以无怪不作。"③这种团体的"暴力"不仅发生在大团体对小团体的排挤、压制上，也可能表现为社团内部成员之间的"扭打"。

确切地说，创造社诗歌存在的最大的矛盾和问题，首先是对"自我"的重视虽然高调但是方向偏颇，"主情"的文学必然通向对作家人格的关注，因而需要建立一个稳定的"自我"，但是创造社作家的"自我"没有建立起来。其次是虽然他们强调艺术的"无目的"创作，但却处在一个需要启蒙和救亡的社会和时代中，因此创作文本不得不背负着艺术效果社会化、启蒙化的责任，因此他们所谓的美学创新实质上还是一种审美启蒙，并不是一种艺术的自觉和艺术的本体论。五四文学中的"自我"并不是一个纯粹的概念，不是一个纯粹在意义上的自我表现。它显露出浓厚的忧国忧民的意识，体现了知识分子的责任感和使命感。五四精神肯定自我、确信自我，抑或是怀疑自我、否定自我，虽然出发点在"自我"，但目的却在"自我"之外。他们发现自我，并不像西方人那样想通过这一途径，最终走向

---

① 夏志清. 现代中国文学感时忧国的精神 [M] // 中国现代小说. 上海：复旦大学出版社, 2005：357.
② 郑敏. 世纪末的回顾：汉语语言变革与中国新诗创作 [J]. 文学评论, 1993 (3).
③ 郭沫若. 编辑余谈 [J]. 创造, 1922, 1 (2).

唯我，而是发挥、利用觉醒自我的价值和力量，改造这个民族，创造一个新世界。中国五四文学中的"自我表现"除了强调自我，也强调自我之外的国与民，体现了自我既是个人，同时又是社会的人的特性。然而文学过分倚重社会效应，偏重思想启蒙甚至救亡的效果，往往会使自我表现文学在一定程度上失去它的审美价值。因此，创造社的"自我"尝试、"自我"扩展及美学创新，虽然取得了不俗的文学成就，最后仍然走向分裂和归于解散。

创造社由"文学革命"最终转向"革命文学"，体现在诗歌的层面上是"诗歌革命"转向"革命诗歌"，即普罗诗歌，这种转向体现了20世纪中国的意识形态对文学艺术的牵引和规约。由于诗歌的想象方式和象征体系是长期积累、沉淀的结果，本身的艺术要求很严格，其艺术规律的内在制约性使得诗歌在处理现实经验时，需要通过诗人的个体体验将对世界的观察转化为自己的感觉，并用诗歌的语言加以传达，这就内在地规定了诗歌对现实的"回应"和"介入"的方式。而在这个过程中更见出诗人致力于审美建构的艰难。此外，创造社所在的时期是新诗的草创期，新诗还比较幼稚，在处理日常语言与诗歌语言的关系时常常处于迷失状态。这时候的新诗，由郭沫若确立了"自我"，本来应该进入对新的想象方式和表现策略的寻求中，进入诗歌的审美建构中，但是创造社诗人在对"自我"的强调中却将个人的情感和想象变成产生意义和价值的社会经验，从而忽视了对美感的追求，使得诗歌的审美建构渐渐地偏离了本来的轨道，最后在革命的强大冲击下离开了文学本身。

三、诗性"自我"的承诺与感伤

在复杂的时代背景下，创造社诗人如果坚守"自我"，那么将是对于革命"大我"的疏离。如果他们坚守革命"大我"，那么将会引发对"自我"及其诗歌空间的排斥。在二者难以兼顾的现实中，创造社同仁陷入了情绪低落的感伤期，并试图以"内生活""内意识"的诗歌主旨进行"自我"的审美突破。

更具体地来看，在感时忧国主流文学的牵引下，围绕"革命文艺"展开的讨论凸现了现代文学时期个人解放与社会革命的冲突，并最终导致了创造社创作队伍的分流、分化：一者表现为疏离，坚持诗歌对"自我"情感的表达，在审美意向和情感趣味上的选择仍然保留着较大的独立性；一者表现为承诺，自觉以社会革命为诗歌的表现内容，通过对前期美学追求的摒弃、对社会承担的强调来实现转向。此后的"普罗诗歌"创作，由于过分追求诗歌对发展变化的新现实的贴近和反映，追求用诗歌来鼓动情绪、促进革命的发展，诗歌从一种想象的、思维的语言变成了行动的语言，造成作品艺术上的粗糙和"口号标语化"的毛病。

由于缺乏根本的美学认同和哲学建构，创造社诗歌中的"自我"就显得无根、浮泛，在吸收外来文化资源进行美学建构的过程中，无法从自身的本土经验和语言根性出发反思西方的语言形式和诗歌表现策略，无法在传统资源中寻找到创新的依据，因而出现了理论与创作的脱节，甚至走向了形式主义的极端。这使得穆木天、王独清、冯乃超等人的象征主义实践，在推进新诗的美学现代性探索的同时，也留下了诸多遗憾。

1926 年，饶孟侃发表《感伤主义与创造社》一文，称"差不多现在写新诗的人，没有一个人没有沾染一点感伤的余味"，以致"差不多新诗的总数十成中就有八九成是受感伤主义这怪物的支配"。"近年来感伤主义繁殖得这样快，创造社实在也应该负一部分责任。"① 五四新文化运动唤醒了广大青年，现代意识促使他们追求人生价值和美好的理想，而黑暗现实的压迫又往往使他们感到苦闷与失望。觉醒后找不到出路、只能在十字街口彷徨的青年作家，在作品中抒写他们无法排遣的孤独感、苦闷感和彷徨感，

---

① 饶孟侃. 感伤主义与创造社 [N]. 晨报副刊·诗镌，1926 – 06 – 10.

"苦闷彷徨的空气支配了整个文坛"①。感伤于是成了这时期新文学的一种精神标记,"这种文学上的感伤情调,跟新一代知识者自身的脆弱性及传统文人柔弱心理的习染也是有关的,但作为一种普遍的文学现象,却主要反映着中国知识者艰难地追求新生的精神历程"②。强调"表现自我"的创造社作家,更是将这种情绪表现得淋漓尽致。在他们前期创作的以乐观主义为基调的浪漫诗篇中就羼杂着孤寂和悲哀的情绪,而这个时期革命的沉浮动荡更加重了感伤的气息。在《洪水》中的政论性文章形成的亢奋氛围中,感伤诗作成了一个微弱的不和谐的声音。

《洪水》中的这些感伤、凄冷、厌世的诗作,与思想激进、有着明显的社会主义倾向的战斗檄文放在一起,显得十分异样。周全平虽然对这些作品的大量存在表示"困惑",却并不否定它们,"亢奋"与"感伤"的合奏,显然与他对革命时代文学特性的理解有关。他对《洪水》刊登的诗作"太软性"的现象并不抱悲观。周全平将"感伤诗作"的出现归结为革命时代彷徨的"小资产阶级青年""应有的表现",表明他仍然从创造社初期"表现自我"的文学观念出发,重视作者对一己情感的真实表达,以此作为判断作品好坏的基本标准。这也是当时许多受到创造社影响的文学青年的观点。强调表现"自我"、推崇情感的自然流露,必然会认同不同心境、不同气质,产生不同文艺。作品的感伤风格,也就不等于作者的消极与怠情。

当时流行的"革命文学"主张虽然成为众多文艺青年追赶的时髦,但事实上存在着概念模糊、意义空洞的问题,对此,周全平质疑"革命文学家是不是因为有人高呼便立地会产生出的?""那些写爱情小诗的诗人把诗的题材换用了革命,是不是也就成了革命诗人?"③ 署名"玫友"的作者则将流行的写满了"血呀!肉呀!志士啊"的诗称为"歪革命诗",指出它和

---

① 茅盾. 导言 [M] //中国新文学大系·小说一集. 上海:上海文艺出版社, 2001.
② 钱理群,温儒敏,吴福辉,等. 中国现代文学三十年 [M]. 北京:北京大学出版社, 1998:21.
③ 周全平. 只有两次了 [J]. 洪水, 1926, 2 (22).

写满"风呀！月呀！"的"歪情诗""一样的谬误和讨厌"。并主张要从"质"一方面着眼来批评诗歌："设若是一首真实而美妙的情诗，我们当然是称赞她，不能因她有'风呀月呀'就弃掉。同时，我们又当极力反对一切的'歪革命诗'，不应因为它背着革命的招牌就放它过去；至于真正的革命诗，我们当赞赏它。总之，诗是真情的流露，加了限制，便是假的了。"①

因此，就在创造社中心人物纷纷奔向大革命发源地并先后投身具体的革命实践的同时，带有"世纪末日"呓语色彩的文学创作在创造社内部也变得越来越浓烈。被称为"后期创造社三诗人"②的王独清、穆木天、冯乃超集体浮出水面，是造成这一局面的重要原因。在此之前，王独清在《创造》季刊2卷2号和《洪水》第1卷第2期分别发表象征主义诗歌《圣母像前》《哀歌》；穆木天也在《创造日》第95期和《洪水》半月刊第1卷第8期分别发表《心欲》和《雨后》等诗。而冯乃超的象征诗作，也基本上都完成于他归国前的一年多的时间内。冯乃超自己说："我的文艺生活非常短促。作品有《红纱灯》诗集及《抚恤》小品集。"③ 象征派三诗人早已与创造社发生了关系，但是一开始他们并没有参加创造社的具体的文学活动。1926年《创造月刊》的创刊，为他们提供了展示自身诗歌创作理想的舞台；而他们也以自己"新鲜"的创作，为创造社的刊物带来了异样的色彩。

从他们的诗作来看，注重诗性"自我"的表现，注重内生活的挖掘，而又将这种内生活与潜意识联系在一起的，因而这种"内生活"的表现，

---

① 玫友. 我也来谈几句闲话 [J]. 洪水，1927，1 (7).
② 李初梨在《怎样地建设革命文学中》最先提出了"三诗人"的说法："'创造社'把他最后的三个诗人——穆木天，王独清，冯乃超，送出社会来以后……"后来，朱自清在撰写《中国新文学大系·诗集》"导言"时沿用了这一说法："后期创造社三个诗人，也是倾向于法国象征派的。"（参见朱自清的《中国新文学大系·诗集》"导言"，上海文艺出版社2001年版，第8页。）
③ 冯乃超. 我的文艺生活 [M]//冯乃超文集：上册. 广州：中山大学出版社，1986：306.

就不是初期浪漫主义的那种向外的、宣泄的感情投射，而表现为通过返回到内心，观照内心的经验，捕捉个人的感觉，展开感觉与想象的写作。他们重视的不是诗歌参与到外部社会的功能，而是一种纯粹感觉的捕捉、想象和展现。它实现了诗歌功能由外到内的转变，开始从指涉外部世界转向诗歌的"内质"寻求，同时回到了诗歌本体问题的关注上，开始建构诗歌的新的审美形态。

从象征诗派对诗歌风格和艺术法则的寻求我们可以发现，这一时期的诗歌创作重视的不是外界"物"的呈现，而是内部的"心"的发现。尤其是穆木天的诗歌理论，沿用了他研究法国文学时常用的"内外"的区别，将"外生活""外意识""外生命"划归"散文世界"；而将"内生活""内意识""内生命力"看成诗歌的表现领域。这是他区分散文与诗，提倡"纯粹诗歌"的一个基本前提。他试图在"表现意义的范围内"来论证"国民文学的诗歌与纯粹诗歌绝不矛盾"。王独清对此表示赞同，他说："我同木天一样，虽然主张唯美派的艺术，但同时又承认这与国民文学毫无矛盾而主张国民文学。"①

穆木天对"内在意识"的关注，使他开始反思浪漫主义诗歌创作的弊端，最终落实到他对"自我"的反思上。在《写实文学论》中，穆木天着重突出了作者的"内意识""自我"在写实文学中的主导作用。他提出："写实是一种人的要求。人不住地要认识自己。从要认识自己的内意识里发生出的东西就是写实的要求。写实文学就是这种内意识的结晶。"穆木天对"自我"的强调，不是浪漫主义式的夸张，不是为了个性的张扬，而是为了通过个人的内意识的感悟，接通外部的现实追求，找到"比自己还大的自己"。应该说，穆木天对于"自我"与"大我"，写实与自我的关系的认识，超越了当时一般浪漫诗人的理解，强调的是作家作为审美创作主体的主导

---

① 王独清. 再谭诗 [J]. 创造月刊, 1926, 1 (1).

作用，对创作中内与外、主与客的关系，有比较深刻的理解，这在那个年代是相当可贵的。从这个意义上看，正是对"自我"的一种承诺。

创造社实施"方向转换"，除了表现为对前期诗歌美学和对个人主义文学观念的"自我否定"，还表现为办刊方针的转变。转型中的创造社通过对《洪水》的调整和重新规划，彻底抛弃了前期以"表现自我"为中心的文艺主张，将中期形成的"以读者为本位"的办刊宗旨，转变为"指导青年"的鲜明旗帜。由此引起了创造社同人的分流，划开了一个倡导"无产阶级革命文学"的"新时代"。

四、我们社的"自我"选择与流散

如果从中国诗歌的传统来看，创造社的诗学建构限于时代和学识，缺乏对于古代诗歌的创造性继承，而是盲目求新，以不完整的"个人主义"作为理论基础，囫囵借鉴西方诗学模式。创造社"自我"与"大我"两个维度的诗性美学理念，其实并没有超越中国古典诗学"诗缘情而绮靡"与"诗言志"两种理论，而这二者的矛盾、对立、调和与转化，在中国诗歌史几千年的历史上也是二元对立而互补，难以分清高下的。

就在后期创造社因为"自我"的态度而行将崩溃、解散之际，出现了一个试图调和矛盾，坚守革命和"自我"相统一的文学团体，这就是我们社。

我们社于1928年5月在上海成立，是继太阳社之后又一革命文学团体，由太阳社的成员、主要来自广东潮汕的林伯修（杜国庠）、洪灵菲、戴平万、孟超等人发起，与太阳社和创造社关系密切。该社创办《我们月刊》，除发表我们社作家作品外，主要刊发太阳社和创造社一些作家作品。1928年8月《我们月刊》在出版了第3期后停刊。我们社倡导革命文学，出版"我们丛书"，有洪灵菲的作品集《前线》等。我们社以"一面极力克服自我，创造真正革命的文艺作品；一面予反动派以严格的批判和进攻'为自己的'两重使命"。我们社对增进太阳社与创造社的联系、促进无产阶级革命文学的发展做出了一定的贡献。1930年初,中国左翼作家联盟成立,该社自行解散。不过,我们社在广东潮汕地区的影响并未断绝,1935年曾定石等人在揭西县创办"我们书室",后改组为"救亡剧社",还一直在为中国革命和民族救亡发挥着地区性作用。

我们社在1928年至1929年的"革命文学"论争中,虽然和太阳社、创造社保持着大方向的一致,但是在诗学观念、办社宗旨上仍然存在着自己的独立性,这种独立性主要体现在对于"自我"的稳健推崇方面,即一方面否定"小我",崇尚"革命之我";另一方面又不会完全地、极端地否定其他文学派别,而是希望能团结更多的革命文人共同战斗。

我们社在《我们月刊》的"卷头语"中表露了自己的文学主张,即做一个"擂响战鼓"的鼓手,"给同情我们者"战斗的勇气和力量,"给背叛我们者"以威慑和惶恐。这种"自我"的定位,并不等同于太阳社的文学主张和"自我"认识。蒋光慈在《太阳月刊》"创刊号"中提出的口号是:"我们也要如太阳一样,将我们的光辉照遍全宇宙。"可见,"不论是太阳社社名、《太阳月刊》刊名,还是卷头语,他们都把自己喻作太阳,仿佛只有他们才能够拯救人类,只有他们才是中华民族的希望,只有他们才能够创作出革命文学来。这实质上与'唯我独革','我是革命的儿子',以及无限夸大革命文学的作用,视文艺具有'旋转乾坤的力量'的说法是一脉相承的"①。

我们社坚持"革命大我"的文学方向,先后出版了不少作品,鼓舞革命人民奋勇向前。然而,他们缺乏创造社的那种才能和学养,不但不能超越创造社,实质上也没有取得多少诗歌艺术上的成就。他们的诗歌,更多的像一些战斗口号,诗歌本身的艺术趣味比较淡薄,这是由创作的革命主

---

① 杜运通,杜兴梅.我们社:一个独立而富有特色的文学社团[J].新文学史料,2007(1).

题所决定的。正如《我们月刊》的主编洪灵菲所说:"革命运动虽然受到暂时的挫折,但我们有一支笔,就会使它从另一方面蓬勃起来。"① 不过,我们社也有着自己的立场,强调自我独立的办社原则。在太阳社与鲁迅的论战过程中,太阳社要求我们社成员参与对鲁迅的攻击,我们社成员表示:"我们不写文章批判鲁迅,我们在这问题上,不同你们合作。鲁迅是有正气的,是进步的,是正确的……相反的,我们要团结他,团结他同我们一起,向国民党反动派作斗争。"② 这番话很好地表明了我们社的文学立场,也呈现了我们社力图展现的"自我"不是一种狭隘的、利己主义的"自我",而是具有广阔而博大的革命团结精神的"大我"境界。这种"自我"其实是取消了个体的、诗性的"自我",希冀消除文学和政治的隔阂。不过,由于我们社在诗歌创作方面的作品并不多,因而尽管有着崇高的诗学坚守和"自我"承诺,他们在现代文学史上的成就并不突出,影响也较为有限。因此,随着革命形势的进一步发展,我们社很快就"风流总被,雨打风吹去"了。

总的来说,从创造社到我们社的"自我"诗歌创作,典型地反映了20世纪中国新诗在追求"现代性"过程中陷入的"迷思"。这不仅仅是新诗自身美学范畴的难题,它更呈现了新诗在社会、历史、文化语境中的诸多压力。创造社的诗歌"革命"在不同层面的发展和变化不能做抽象的理论探讨,而必须内化于对这种压力和焦虑的关注中,落实到具体语境的梳理当中。因此,对创造社诗歌的考察,既应关注诗人的具体诗作,也应注意到社团在人事关系、办刊传统上各种力量的增减变化对于作家文学诉求的影响。

---

① 洪灵菲. 洪灵菲选集 [M]. 北京:人民文学出版社,1982:26.
② 李魁庆. 我所知道的我们社 [M]//杜运通,杜兴梅,黄景忠. 我们社作家精品选读及研究. 广州:花城出版社,2007:7.

第三章

文体空间的逻辑层次

"空间"的层次划分有多种类型,从理论与现实的角度,可以分为"现实空间""理论空间"与"情感空间";从主客体关系角度,可以分为"内在空间""自我空间"与"外在空间";从时间维度,可以分为"过去时空""现在时空"与"未来时空"甚至"未知时空"等。因为角度与出发点不同,人们可以选择多种分类与层次进行空间观念的构建。

第一节 空间诗学的理论属性

在物理世界里,空间被认为是物质存在的一种客观形式,是与时间相对的、描述物体物理运动变化的一个基本维度。随着时间的推移以及人们认识的加深,除了人们普遍认识的物质空间外,还出现了城市空间、消费空间、文学空间等,"空间"被赋予了社会性、生产性、消费性等性质和价值。在文学创作的过程中,作家也会有意或无意地为读者创造一个无形的空间，使读者在阅读作品的过程中自然而然地融入文学空间当中。20世纪以来，"空间"问题渐渐地成为文艺理论和文学批评中的一个关键词，人们开始注重研究文本当中的空间问题以及空间背后隐藏的深刻寓意。空间理论的发展逐渐深入到文学当中，由此构建产生了"文学场""文本空间"等新概念。

一、布迪厄——"文学场"

文学并不是独立存在的，文学的创造、形成、发展等都离不开社会，因此我们不能脱离社会谈文学。法国著名文化学家皮埃尔·布迪厄在《艺术的法则：文学场的生成和结构》[①]一书中，系统阐述了"文学场"的概念。随后，越来越多的文学家、哲学家将空间理论引入到文学理论当中，以一个全新的角度认识、评判文学作品。

"文学场"即"文学生产场"，是布迪厄将结构和历史视野辩证统一起来的一种文学观，是他"医治形式主义文学观放逐历史和行动者，以及传统的社会历史文学观遗弃文学自主性的一剂良药"[②]。布迪厄认为，文学场不仅仅是文学作品中的背景和语境，而是由各种因素（如经济、政治、文化、地理等）相互交织下形成的复杂的关系网。研究文学，不仅要研究其表面的语言文字，更重要的是要从文学场的角度，从一个空间结构的角度去考察文学的意义。由古至今，文学并没有脱离人类的社会实践空间而独立存在，文学空间与社会、权利、宗教等紧密联系。文学空间的内部，充满了各种矛盾，正是这些隐形的矛盾引起了读者的思考，激起了读者的认同感。由此可见，文学空间是作家站在对社会认识的层面，在实践空间的基础上，通过语言的构建，为读者描绘一个既真实又虚幻的空间。文学，

---

① 布迪厄. 艺术的法则：文学场的生成和结构 [M]. 刘晖，译. 北京：中央编译出版社，2001.

② 赵一凡. 西方文论关键词 [M]. 北京：外语教学与研究出版社，2006：579.

不再是"为艺术而艺术",而是通过艺术展现社会,反思社会。

从文学场角度思考文学,意味着从一个空间结构、关系结构中考察文学意义的生产,这是一种原创性的解读路径。文学场是不同资本持有者角斗的空间,一个始终烽烟四起、鏖战频频的场所。文学场由许多位置及其相互关系形成,具备不同习性和文学资本的行动者进入文学场,争夺位置的占有权,参与文学游戏的行动者不同于前结构主义的主体,他们不是一个理智主义的、全知全能的主体,而是受到文学场域和社会大场域影响的个体;同时,他们也不是结构主义意义上被动接受客观结构召唤的主体。行动者的文学习性、文学资本,镌刻着出身、家庭教育和成长轨迹的痕迹。当文学场域的现实境遇与行动者的习性相逢,随机与偶然的因素将影响习性,生成有意无意的策略行为。"习性"观要求我们将文学场域的历史和行动者的性情辩证地联系起来。①

二、克朗——文本空间

文化地理学是研究人类文化空间组合的一门人文地理分支学科,也是文化学的一个组成部分。英国学者迈克·克朗在《文化地理学》② 一书当中认为,文学在创造文本空间的过程中,除了客观地对地理景观进行描写外,更重要的是通过文本空间为读者提供一个新的视角认识世界,对性别、权利、民族、生产、消费等空间进行了探索以及研究。"人物、故事情节、环境"被视为小说必不可缺的三个要素,这三者在无形当中形成了文本空间。小说的人物关系好比一个庞大的关系网,在这个关系网中,需要故事情节来串联,而故事的发生则需要有一个文本空间作为背景,即我们所说的环境。环境作为一个小说中无形而又有形的空间,可以是一个地区、一座城

---

① 叶祝弟. 新世纪文学生产机制批判:关于"作家学院化生存"的思考[J]. 社会科学,2012(10).

② 克朗. 文化地理学:修订版[M]. 杨淑华,宋慧敏,译. 南京:南京大学出版社,2005.

市、一间小屋等等。不同作家在写作当中描绘了不同的空间，在这个空间中展开了各种矛盾，各式斗争。由此可见，我们在欣赏文本的过程中，除了关注人物、情节之外，还要从环境入手，在阅读中领略作者所描绘的文本空间，从而可以更好地掌握作者的创作意图。而空间批评与文化研究紧密地联系在一起，同时也极大地丰富了空间批评的理论构成和批评方法。

文学空间理论批评更多地关注了文本中的空间问题，而不仅仅只关注文学的审美性、艺术性。其把焦点放在文本的意识形态、文学文化、文学景观上，旨在把某一社会问题浓缩到一个文学景观上，从社会、文化、制度等方面构建一个真实而又虚幻的文学空间，从而实现对现实世界的批判作用。可见，"空间问题"的研究，为我们批判文学、审美文学提供了一个全新的视角，而不仅局限于印象式、诠释式、社会历史等文学批评视角。

因而，具体到城市文化空间的问题，在克朗的理论基础上，台湾的学者蔡秀枝就认为："空间的特性是多重的。它是各种力量与关系的聚合，是多重意义架构出的互涉文本（inter-text），一个多重交互指涉的社会空间。城市空间做为一个被研究物而言，它的范畴，质的成分（物质性），以及种种政治，经济，文化的现象，都指向它做为一个被研究客体时，与之相对的主体，以及它与这个主体间的关联。空间意义的生产与再生产，或是空间活动背后深层的意涵，如意识型态的显现，或是文化的现象等等，都根源于整个空间系统的范畴与符号的产生与形塑。城市是人们活动的空间，而人们对城市所形构出的印象则是他们生活与行动的背景。城市印象其实正是由空间中各种符号关系所形成的领域。当我们探讨城市空间的符号意义时，将空间的符号与关系运作回归到人所存在的空间以及其意义的产生过程，是将符号意义的建构过程及所产生的空间意涵放在我们的生活范畴之中来讨论。城市空间是各式符号的集散地，我们对城市的印象与生活的观察则是这些符号系统间表意过程的运作以及这些符号系统后面的种种文化与社会意识的总合。……城市以一种一统的型态出现并包被所有的人，事物，以及各种行动。但是这个城市空间的主体却无法被单纯的解读。因为这个一统的型态与呈现出的空间文本性其实是有待更多重的解读的。它不断地增生，也不断地改变它的面貌。而且，它也不仅只有一个作者，它有无数个作者。城市中的居住者，并不单纯是个读者（或城市空间符号系统的译码者），其实也是这个城市空间文本的作者，但是并不是唯一的作者。所有的故事与经验都是人的行为与叙述的痕迹，透过行动的主体与其经验，城市空间的叙述与故事才得以呈现。不同的人经历不同的经验。而这些经验都在同一个空间中交错。城市空间意义的生产与再生产是复杂而多元；是多重空间的交错，也是多重文本的会合。但是城市的空间生产是有着众多不同的层次的。"①

蔡秀枝在这里提出的"城市的空间生产的众多不同的层次"，就一般而言，大略可以分为三种层次，即物质的空间、社会的空间与精神的空间。

第二节 "空间理论"的文艺显现

"空间理论"三层次说涉及的"文学异托邦"，其实就是创作主体通过自己的审美构思积极构建出来的文艺审美空间。具体到中国文学而言，"桃花源""香格里拉""大观园"等经典文学意象（空间），就是诗人构建出来的"文学乌托邦"，也即福柯所认为的"异托邦"。"异托邦"也好，"乌托邦"也罢，都是诗人在物质化空间的基础上，依托现实主义、浪漫主义与经验主义共同营造出来的概念化空间，并最终形成了一个庞大的、具有意识形态倾向的社会化空间。

---

① 蔡秀枝. 城市文本与空间阅读 [EB/OL]. (2007-10-13). http://www.ruanyifeng.com/calvino/2007/10/cities_as_text.html.

一、感知体验下的思索——物质空间

列斐伏尔认为,感知的空间,即空间实践,是"属于社会生产、再生产、结合、构造的最抽象的过程"①。换言之,人所能感知到的物质空间是社会生产链的结晶,给人的感觉器官最直接的冲击力,包括对时代景观的视觉感受、对人类社会与自然界声音的听觉感受、对物体气味的嗅觉感受、对物质的味觉感受以及对固态或液态的触觉感受等等。文学作品中的物质层面描述犹如房砖,在不同的时代背景下通过作者自身的感情经历与笔法风格,被塑造成富有灵性的事物。一方面有助于作者表情达意,另一方面又可以使读者感觉到作品实实在在的血肉之躯,而不是漫无目的的创作意图。感知的空间是作者在成长过程中被潜移默化地熏陶而得来的,主要体现在对事物的描绘,不管是浓墨重彩地描写还是一笔带过,都隐含或暴露了作者对事物的情感态度。这种情感态度基于宏观的时代背景,也来源于作者的个体处境,正如"一千个读者眼中的一千个哈姆雷特",作者假借物体本身有意识或无意识的情感流露是当今学者或读者们通过作品观察一个时代或透析一个作家的宝贵材料。

感知空间是一个神秘而立体的名词,它存在于作者笔下的每一个固态书写,又蕴含了作者本身成长经历与时代背景密不可分的情感元素,这些因素在古往今来的文学创作尤其是小说中都得到了充分的体现。文学的空间性被挖掘出来主要是在20世纪初,德国理论家瓦尔特·本雅明对现代性进行考察时提出了"空间的重要性"。在瓦尔特·本雅明看来,"现代性的最根本的问题是空间问题"②。随着现代社会的进步,大工业闯入人们的生活,促进了都市化各种产业的形成,而作为现代化进程的产物,现代文学也必然与都市空间密切相关。论及欧美空间批评理论在文学上的体现,仅

---

①② 谢春平. 西方空间批评理论研究 [J]. 内蒙古社会科学(汉文版), 2002 (4).

仅提到现代文学是不够的。纵观欧洲文学史，从古希腊文学所感知的神话与冥想空间，到中世纪文学英雄主义与宗教所营造的空间，再到17世纪古典主义文学中注重理性、模仿古代、具有鲜明政治倾向的空间创作等等，每一部恢宏巨著背后都是独一无二的创作背景，也蕴含了独具时代精神的空间文化。感知空间是空间理论的基础，它是作者利用感官体味事物，也是作者情感最直接的寄托。

在创作中有意识融入感知空间的因素是每位成功作家的创作本能。从19世纪法国文学杰出代表人物巴尔扎克所创作的小说集《人间喜剧》来看，其中融入了大量空间创作手法，全面展示了19世纪法国社会风俗。① 从生活陈旧、极端吝啬的早期资产阶级剥削者高布赛克，到自由竞争时期投机、剥削手段多样化的资产者老葛朗台，再到垄断时期向政权渗透的新一代剥削阶级纽沁根，颇具空间感的人物刻画为读者呈现出一个个取代贵族而入主社会的资产者形象。从《人间喜剧》，我们可以读到巴尔扎克对各种环境、场面、景物的捕捉，典型的现实主义的笔法把巴黎贵妇人"陈设精美的沙龙"②、大银行家"奢华的府第"③、"拉丁区充满腐气味的公寓"、"乌烟瘴气的赌馆"、"巴黎形形色色的街道"④、琳琅满目的古董店以及阴暗悲惨的工人区和龌龊凌乱的贫民窟都临摹得严格而真切，强烈的感知空间意识让他的小说叙述与人物彰显更加酣畅淋漓，使读者身临其境。这些空间书写不仅是把可感知的视觉、听觉、嗅觉甚至触觉的格局描绘出来，更引发读者在其他领域的通感，也就是读者精神空间与小说主人公心灵的碰撞，最终使得作品既有细致入微的灵魂体验，又有搏动的强大的生命力。

叙事的技巧很大部分在于对可感知的空间的临摹与深化，而感知空间的灵感来源不仅仅是从外在的，也与作者自身情感经历有关。在欧美文学

---

①② 巴尔扎克. 欧也妮·葛朗台　高老头 [M]. 王振孙, 译. 上海：上海译文出版社，2003：5、140、161.

③ 巴尔扎克. 纽沁根银行 [M]. 上海：上海译文出版社，2003：27、86.

④ 巴尔扎克. 贝姨 [M]. 许钧, 译. 上海：上海译文出版社，2002：14、83、161、250.

中，英国现代主义作家是把握空间书写的典型群体。从劳伦斯对两性关系的露骨描写，到伍尔芙意识流小说对女性存在的历史以及现状的独特反思，再到乔伊斯以都柏林为社会背景揭示西方现代精神的危机等等，他们笔墨下的西方资本主义社会形态都被赤裸裸地揭露出来，然而却又呈现出不同的文学气息，这就在于感知空间存在社会性与个人性。同样的时代背景却可以缔造出纷呈的文学锦廊，这与作者个人成长经历以及在此期间培养出来的感觉经验有很大关系，它们有意识又或是被潜意识地输入作者的创作经验中。劳伦斯的《儿子与情人》这部自传性作品与姐妹篇《虹》和《恋爱中的女人》，以及他最后一部作品《查特莱夫人的情人》① 中，都不乏大胆坦率的两性关系描写，这源于劳伦斯对性的认识，他认为"资本主义工业革命的首要罪恶是它压抑和歪曲了人的自然本性，特别是性和性爱的本能"，"只有使人的全部自然本性特别是性的欲望得到充分发挥，才能克服资本主义的罪恶"。"性"因而也就成为劳伦斯把工业时代人的生存力量与罪恶资本主义社会联系起来的感知因素，这来源于他个人的情感体验与创作敏感，他的小说对主题的充分揭示也体现感知空间里个体与社会的完美融合。

伍尔芙的《达罗卫夫人》是女性情感小说的杰出代表，其感知空间来源于自然性别与女性自我意识的觉醒，这种保持真实自我并追求精神人格的自由与独立是与西方资本主义剥削社会的另一种对抗；乔伊斯的《都柏林人》与《尤利西斯》等意识流小说也是他个人精神世界，与都柏林这个"瘫痪"的城市的思想碰撞，支离破碎的空间体现了完整的文化与宗教意义。这些具有代表性的作品都完美地诠释了作者感知世界的个人空间与社会空间，也呈现了由具物到经验、具体到抽象的过程，可以说感知空间是一部成功小说的血肉。

---

① 劳伦斯. 查特莱夫人的情人[M]. 赵苏苏，译. 北京：人民文学出版社，2004：92、137.

二、构想与经验的结合——概念化空间

感知空间是作家对具体事物与抽象经验的书写,而构想的空间便纯粹是依据作者生活体验与情感经历而产生的创造性想象世界。构想空间可以分为三个层面,第一层面是作者在创作前对文章的整体构思,即通过对社会、历史、地理、成长背景等因素的综合而形成的考虑;第二层面是作者难以觉察的概念化空间,作家在进行创作时的每一句话必然都是思想的正面或者是直接呈现,而此时作者潜意识的反面思维便是其内心所希望的现实,也就是构想出来的社会或情景;第三层面则是作者创作过程中简单直白的想象,比如,英国空想社会主义作家托马斯·莫尔笔下的"乌托邦"、世界和法国启蒙运动的著名思想家伏尔泰笔下的"黄金国"等等。这三个层面既有表里的关系,又有直接与间接的关系。对这些层面的研究是把握小说主题的重要因素。

构想的空间彰显的是小说的轮廓与宏观主题,每一个作者在下笔前对文章进行的构思就是一个概念化的空间。构想的空间又被称作是第二空间,它是从想象的地理学中获取观念,进而将观念投射向精神世界,使文章有更多反思的、内省的、哲学的思考。构想的空间对比感知的空间,可以说是艺术与科学、精神与物质、主体与客体的对抗,在小说中也被以各种方式呈现出来。

英国达勒姆大学地理系的麦克·克朗在1998年出版的《文化地理学》中,以"文学景观"为题,专门讨论了文学中的空间含义,他认为"文学提供观照世界的方式,显示一系列趣味的、经验的和知识的景观"①。就构想的空间而言,文学地理可以是虚构的,甚至说文学虚构占据了文学创作的重要地位,因为虚构可以使文学的表达或叙述达到作者想象的极限。

---

① 陆扬. 空间理论和文学空间 [J]. 外国文学研究, 2004 (4).

构想空间的虚构性可以分为地理上的虚构与情节上的虚构。这里的虚构并不是指杜撰或者一般的想象,而是天马行空与现实社会并不重叠的想象。古希腊诗人奥维德在《变形记》① 中用虚构的手法所展现神与英雄们的故事可以被称为构想空间中地理虚构的典范。虚拟的空间描写与虚拟人物的完美结合,给读者带来亦幻亦真的阅读感受。例如第二章对日神宫殿的描写:"柱高擎天,金彩辉煌,铜光如火。高处的屋檐上铺着洁白的象牙,两扇大门发出银色的光芒。"这不仅贴切地传达出日神巍峨光明的神韵,更为故事情节添加了神秘色彩。这种空间的构想在后来有关特洛伊战争的章节中也有体现,希腊人要率兵攻城的消息是通过谣言女神传到了特洛伊,而女神收集消息的地方也是作者充分利用想象力创造出来的,"她在房屋上开了无数的口,足有一千个孔,上面却不设可以开关的门户。无论黑夜白昼,房子总是敞开的。房子全是黄铜铸造的,以便于传声"。作者凭借生活经验进行的空间想象给整部作品营造了超脱现实的想象空间。

20世纪现代派代表作家卡夫卡也是文学情节虚构的重要代表作家,但他在进行文学虚构时,总带有浓厚的自传色彩。许多恐惧、孤独、悲愤乃至绝望的生命体验可以让我们感受到浓厚的时代烙印与人们所遭受的精神摧残,从《变形记》中格里高尔"甲虫的身体",到《地洞》中惶惶不可终日、担心灾难随时会降临的小动物,到《审判》中莫名其妙被审判最后被杀害的银行职员约瑟夫·K,再到《城堡》中虚虚实实、恍若梦幻的城堡,等等,都是卡夫卡把自身痛苦不堪的心路历程利用艺术虚构的原则,通过小说的形式淋漓尽致地展现出来。

虚构艺术所体现出来的构想的空间可以说是作家发挥自身想象力、凭借生活经验塑造出来的,也可以说是在近代工业社会的巨大漩涡下,作家们希望借此逃避现实。此时,另一种不完全虚构的构想空间也是作家对现

---

① 刘遥. 奥维德《变形记》的空间性 [J]. 世界文学评论, 2009 (1).

实的有力抨击。例如狄更斯小说中也对现代化进程中都市景观的想象，突出的环境感与空间意识展现了 19 世纪伦敦都市景观的阴暗、迷离、罪恶、肮脏等等。如果说虚构是文学的生命所在，那么一部成功的作品在使文学面向现实、反映真实问题的同时，必然离不开虚构细节的铺叙、想象。纵观古今，很难找到纯粹的非虚构文学，非虚构的写作属性必然以虚构的形式表现出来①，就如作者的内心感受与真情吐露，必将通过虚构的情节展现出来，如荷马的著名史诗《伊利亚特》与《奥德赛》，它们既具有广阔的想象，又具有雄伟的历史纪实，这两种东西总是交织着，让阅读者已经很难辨别，也不需要辨别，虚实交织混淆的状态成就了荷马史诗绝顶的高峰。这也是构想空间的高度体现。

三、主题的宏观呈现——社会空间

感知空间可以说是小说物质构成元素，而概念化的空间是作者所构想出来的主观世界，二者都是小说的重要组成部分。而社会的空间正是感知空间与构想空间的融合。人物只有放在社会这个舞台上才是一个有血有肉、活着的角色。人物只有走进作者所构想的虚拟与非虚拟的世界，同社会进行交流，因而形成了不同人物独立而又交错的社会空间。所以说社会空间并不单指人们的活动场所，更重要的是人物在空间交流中所体现的非物质性，如人物在社会空间中的行为方式和结果等等。列斐伏尔在《空间的生产》这部著作中曾提到："（社会）空间是一种（社会）产物。它生产社会也反映社会。"② 因此，社会空间常常体现为故事主人公与社会现象的思想交锋，或者说某一社会群体与另一社会群体的矛盾等等，这些都是小说中社会空间的重要组成部分。

---

① 石厉. 再谈文学的虚构与非虚构[J]. 芒种, 2012 (7).
② 叶涯剑. 空间社会学的缘起及发展：社会研究的一种新视角[J]. 河南社会科学, 2005 (5).

詹姆斯·乔伊斯（James Joyce，1882—1941），爱尔兰作家、诗人，20世纪最伟大的作家之一，后现代文学的奠基者之一，其作品及"意识流"思想对世界文坛影响巨大。他是与卡夫卡、马塞尔·普鲁斯特齐名的先驱小说大师。乔伊斯小说是耐人寻味的富有极强空间色彩的小说，其中的社会空间主要在都柏林社会交往场所的内部空间，包括酒吧、餐馆、报社、教堂等场所。范围广阔的社会空间为人物展示提供了一个多样化的舞台，压抑的现实社会空间弥漫着乔伊斯笔下独特的都柏林氛围，荒诞、虚无、瘫痪的城市精神状态与各具特色的人物形象交汇成一幅都柏林现代社会的精神荒原图。例如小说集《都柏林人 一个青年艺术家的肖像》[①] 中的短篇小说《阿拉比》，作者在开头时描述道："里士满北街是条死胡同，很寂静，只有基督教兄弟学校的男生们放学的时候除外。一幢无人居住的两层楼房矗立在街道封死的那头，避开邻近的房子，独占一方。街道上的其他房子意识到各自房中人们的体面生活，便彼此凝视着，个个是一副冷静沉着的棕色面孔。"这段话分别从室内与室外展现都柏林两个并列的社会空间，一个是都柏林的胡同和房子建筑，另一个是房子内部空间。乔伊斯首先将视角对准了都柏林的街景，即寂静的死胡同，同时又以人物——放学的男生们来突出胡同寂静与热闹时的对比，使得外部空间愈加呈现出宗教氛围浓重下的死寂。对于房子的描绘也以"孤独"为主要元素突出了里士满北部街道的冷肃。整个社会空间内部的人物，即感知群体之间没有任何的交流，加上外部空间并置的场景——街道的其他房子，体现出人物之间彼此感情交流的缺失，凸显出整个城市精神的迷惘与瘫痪，为读者展现出了一个支离破碎的都柏林空间。[②]

乔伊斯的另一篇短篇小说《死者》末尾那场描写席卷整个爱尔兰的大雪的文字是众多评论家关注的焦点。这场漫天大雪覆盖了都柏林、覆盖了

---

① 乔伊斯.都柏林人 一个青年艺术家的肖像 [M].徐晓雯，译.南京：译林出版社，2003：9、21、162.
② 吴庆军.空间批评下的乔伊斯小说解读 [J].盐城师范学院学报（人文社会科学版），2008（1）.

中央平原、覆盖了所有的生者与死者，也覆盖了爱尔兰的现在、过去和将来。死亡的基调贯穿于都柏林的每一个角落，这也是都柏林"瘫痪"的社会空间强有力的体现。沉闷、压抑、单调而乏味的生活使得社会空间犹如一潭死水，毫无生气，令人窒息，这是乔伊斯融合了自身感受与民族文化的空间书写，体现了特殊的文化意义，也是对整个社会空间的宏观把握。

除了英国现代文学代表作家乔伊斯之外，欧美文学著作中的呈现宏伟社会空间景观的小说比比皆是，库尔特·冯内古特是美国最具有影响的后现代派作家之一，他的代表作《五号屠场》被认为是黑色幽默的代表作，也是文学社会空间书写中历史与想象、现实与幻想、历时与共识相结合的典范。小说开篇这样宣称："下面的这一切基本上是实情，至少有关战争的这部分是颇为真实的。"① 而这部小说实际上是事实与虚构的混合体，冯内古特虚构了一个名叫毕立·皮尔格里姆的人物，让他再次经历冯内古特所回忆起的战争，并卷入冯内古特的科学幻想之中，在《五号屠场》这部小说中，感知空间（叙事的真实性）与构想空间（人物与幻想的虚拟性）共同构成暴力、战争、死亡的小说社会空间。

社会空间可以说是小说主题的宏观呈现。例如雨果《悲惨世界》中人们对资本主义社会剥削的无力反抗；巴尔扎克小说集《人间喜剧》中所呈现的被金钱扭曲的人性、道德与宗教观；狄更斯小说《雾都孤儿》中呈现的资本主义社会下英国底层人民的贫困生活；海明威《老人与海》中对自己灵魂深处本质东西的社会化身：孤独、自信、好斗与刚强，体现人的命运与救赎的社会主题，等等。小说是生活原型与作者想象世界的结合，生活原型可以是地理、建筑、人物等等真实的具体的事物，也可以是作者所亲身经历或听闻的故事，而想象世界亦可以是作者所虚拟出来的人物形象、社会概貌或理想生活，这二者简单而纷呈地结合构成了文学史的多彩与

---

① 杨仁敬，等. 美国后现代派小说论 [M]. 青岛：青岛出版社，2004：176.

壮阔。

空间批评理论的兴起，对当前的文学批评研究产生了巨大的影响。研究特定时代下的文学著作，无不需要揣摩贯穿于其中的空间理论，如伦敦之于狄更斯、巴黎之于巴尔扎克、都柏林之于乔伊斯、美利坚之于海明威等等，这些反映社会形态的文学也必定是时代的产物。对空间书写的理论认识是探究小说主题、追寻作者思想本源的重要前提，对小说的空间解读能够发掘小说中各种景观和空间背后的社会文化属性。许多经典小说都体现出空间与文学无法割裂的密切联系，因为文学反映世界，而世界是人与自然、社会事物共同交织的空间。所以，在文学研究中必然要重视空间与空间性。欧美文学中的空间书写由于时代的质变呈现出特殊而重要的研究意义，是研究空间批评理论宝贵的原材料，而在空间批评理论的支持下，欧美文学也必将被挖掘出更深层的主题意义。

第三节　散文诗：诗学的变体与空间难题

散文诗是20世纪中国诗歌文体的一种变体，也成为诗学的一个难题。它与空间、空间诗学之间的关系，朦胧、模糊而又暧昧。散文诗是一种特殊的诗歌形态，是具有特殊抒情价值的诗歌形式。在20世纪的中国文学百花园中，像一朵娟秀的茉莉花，绽放着优雅而浓郁的馨香。

散文诗在20世纪的发展中遭遇的诘难，主要是其抒情空间的不确定性造成的，而这种抒情空间的不确定性，可以概括为文体上的"大""小"难题、抒情主观性难题和精神性难题三个方面。要解决这些难题，散文诗的文体独立性才能彰显。抒情性难题有赖于作家对"意象性细节"及象征性系统的把握和运用，而精神性追求则体现为自由的言说姿态、对理想和信仰的探询及对艺术技巧的创新和实验。

散文诗是文学园地中颇受诘难的一种文体。它虽和自由诗几乎同时诞生于白话诗运动时期,却得到比自由诗少得多的关注和欣赏;它虽在过去的一个世纪中引发了几次争议,时至今日却仍不时面临着读者关于其"合法性"地位的质疑。散文诗在文体上的"大""小"之辩、在抒情空间和精神性上的难题,是我们理解散文诗的关键。

一、散文诗的"大""小"之难题

在围绕散文诗展开的诸多争议当中,"大"和"小"的辩证关系成了散文诗的讨论基石,几乎所有正面和负面的评论都绕不开这组范畴。学术界基本认同散文诗是以"小感触"表现"大世界",小空间影射大生活。散文诗的"小"不是"易碎品",不等于"小摆设"①,强调散文诗要"以小见大,通过'小感触'调动读者的情绪和想象,让有限的描写获得无限的暗示能力"②。这种倾心于一时感兴、一时印象、一时领悟又期盼能于单纯中见出丰富、于浓缩精炼之余追求意在言外的吁求,其实和自由诗当中的一个门类、曾经在20世纪20年代盛极一时的"小诗"的创作吁求有颇多相似之处。彼时正值散文诗的草创阶段,时人多有将散文诗和小诗混为一谈的。作为中国现代文学的第一份诗歌专刊,《诗》上面就曾混杂地登载过不少散文诗和小诗,如徐玉诺的大部分"小诗",其实都是散文诗。正是因为这两者在形态上颇显相似,而在寻求"小"诗形的突破上又不谋而合。

周作人早就指出,小诗"颇适于抒写刹那的印象",表现的是"在忙碌的生活之中浮到心头又复随即消失的刹那的感觉之心",是要"将切迫地感到的对于平凡事物之特殊的感兴,迸跃地倾吐出来"。在多数情况下,"小诗"代表的是诗形的"短"和表达内容的"小",小而巧,巧而精,如电光火石,忽然而起,忽然而灭,却能紧紧抓住并即兴抒发刹那间涌上心头的、"瞬间"的感兴和领悟,是带有"随感"性质和哲理趣味的单纯而紧凑的自

---

① 耿林莽. 草鞋抒情 [M]. 成都:四川人民出版社,2002:220.
② 王光明. 散文诗的世界 [M]. 武汉:长江文艺出版社,1987:77.

由诗体。周作人强调这种"小",并且对这一诗体所能负载的信息和容量有非常清醒的认识。他曾清晰地指出当时中国诗坛的错误:"是在于分工太专,诗歌俳句,都当作专门的事业,想把人生的复杂反应装在一定某种诗形内,于是不免生出许多勉强的事情来了。……做长诗的人轻视短诗,做短诗的又想用他包括一切……其实这都是不自然的……这含蓄的一两行的诗形也足备新诗之一体,去装某种轻妙的诗思,未始终无用。"① 周作人的这番话其实是在斟酌、掂量小诗的覆盖面和内含量。小诗在诗形和诗质上是互相对应的,它有自身的表达范围,有所能也有所不能,这是其长处,也是其短处,更是它诗体的内在规定性。小诗的容量既小,想用它来包罗一切错综复杂的感情,则往往负载过重。这种思考,或许能带给我们一些启示。

相比而言,散文诗传达的不仅仅是诗人瞬间的感悟,更进一步,它传达的是诗人的心灵或情绪的波动。在散文诗同样短小灵活的形态中,有情绪的延续性的变化,有一种内在的心绪结构。它所呈现的心灵的世界无疑比小诗更显丰富和多彩,它为作者提供了展现"灵魂抒情性的动荡、梦幻的波动和意识的惊跳"的更大的空间舞台,也因此更倚重作家的构思和立意。概括地说,散文诗应该能够比小诗表现更多、更丰富的内容,但经过"美丽而寂寞的90年",散文诗作家却仍然苦恼于"时代感不强"。作家们努力拓展自己的视野,努力地把广阔的社会现实内容纳入散文诗的表现领域,提倡"现实生活的介入",却似乎收效甚微。散文诗的这种艺术瓶颈,是不是也与散文诗这种艺术形式本身的某种文体的规定性有关?换言之,散文诗长期以来无法在"大""小"方寸间取得"生活"和"艺术"的平衡,是不是应该成为我们重新考量散文诗的文体特征,重新探索语言和世界在散文诗中的特殊状态的出发点?

---

① 周作人. 日本的小诗 [J]. 诗, 1922 (1).

二、散文诗的主观性难题

散文诗是一种主观性、心灵性很强的抒情文体。它对审美对象的把握带有强烈的个人色彩，常常因心造境、缘情写景、为情造文，创作主体内在情思的"动荡""波动""惊跳"是其传达的核心。因此，它能比自由诗更细腻地传达情绪体验的动态过程，又比散文更紧凑和集中地传达了作家的某种"中心"的主观情绪意向。散文诗提供给读者的，是一个完全心灵化的审美世界，要在这个世界中映照出丰富和博大的时代、社会信息，无疑对其抒情主体、抒情手法和技巧提出了更高的要求。也正是在抒情的难题上，最为集中地体现了散文诗的独特性。

散文诗"化合"诗歌的表现要素和散文的描写要素的途径，主要是从日常生活中掇出有诗意的"散文性细节"。这些"散文性细节"的存在，使得散文诗的想象不是诗歌典型的非逻辑性、变形变异、天马行空的夸张的想象，而是一种细节性的想象。这种细节性的想象为散文诗争取了更多表现心灵的空间。散文诗不是点的跳跃，而是一种线性的结构，有可以为读者所把握的心理线索。关于这一点，"我们"散文诗群的代表作家灵焚说得更具体，他称之为"意象性细节"，并解释说："所谓'意象性细节'，那就是在貌似散文性的细节中，通过意象性语言的运用，把一群具象性的语言凝聚起来，形成一种完全诗化了的细节……这种细节的运用……可以只是片段性地展开，通过意象性语言张力的作用，使某种场景、心境或情绪自主实现细节的自足性完成。"[1]

相比诗歌，散文诗的意象之间有更大的粘连性；而相比散文，又离确定性和具体性、写实性更远一些，它是在作家中心意绪统摄下，浸透着主观情结、虚实相生的场景和细节。"意象性细节"的选择体现了散文诗以诗

---

[1] 灵焚. 灵焚的散文诗[M]. 广州：花城出版社，2008：176.

歌的想象方式对散文式的生活内容的提炼和艺术上的"抽象",以此摆脱对外部客观生活的拘泥描摹,进入更自由也更真实的内心世界的展示。作家不满足于对现实有头有尾的铺叙、对情感高低起伏过程的细密展示,他们依据的不是生活的现实逻辑,而是情感的内在逻辑。有了这种想象和提炼,散文诗中的生活场景才有别于散文。一般而言,散文的意境展开较为平实舒缓,从意境初展到拓展到深层挖掘有明显的铺排和渲染的过程,它还特别注意细节、物象、意象的相互照应和连接的绵密。而散文诗从本质上来说,是"造境",而非"写境",因此更显空灵缥缈。正如波特莱尔在《巴黎的忧郁》献词中说:"这里所有的篇章都同时是首,也是尾,而且每篇都互为首尾……它们每段都可以独立存在,自成一体。"①

不仅如此,这种"意象性细节"在散文诗当中还有很高的密集度,它往往不止一个,而常常是几个、一组、一群意象性细节,围绕一条心理线索,围绕高低起伏的情感逻辑,不断地向前延伸、扩张、连接起来,构成一个相对完整独立的多重意义空间。作家在作品中出示了一系列有内在联系的意象群,但抽掉了"一节椎骨",把感悟、品味、揣摩、领会等一系列"推演"的工作交给了读者,无疑是为读者打开了一个审美的空间。这个空间是一个"自主性"的系统,他召唤读者走入其中,去激活其审美想象。它的使命,不是如实地展现作家的生活,而是出示作家心灵的奥秘,因此,关于灵焚《房子·且五》那个空无一物的方框的赞赏和质疑,以及作家的"现身说法",成了作家和批评家智慧的对话。这种魅力,在散文诗界,是许久不见的。究其原因,乃在于作者组织、结构细节的方式。

散文诗"意象性细节"的组织和结构是一种时空的立体的建构,它既是物质的,又是梦幻的,是富有流动性和开放性的,它对应了创作主体情思的跳动和迸跃,是创作主体思维流程的显现,带有直觉思维和生命体验

---

① 王光明.散文诗的世界[M].武汉:长江文艺出版社,1987:31.

的特征。这些意象群和抒情主人公形成了一种精神空间和生命流程的同构,借助意象之舟将读者引进一个至纯至美的诗的境界。以前那种通过意象的组合、连接创设出一个"意境",在抒情和议论的基础上推导出某种观念的"联想式"结构方式正在被一批批锐意进取的散文诗作者所突破。近年来"我们"散文诗群的作家们,越来越重视采用整体性和贯穿性的象征方式,经由一个象征性的形象体系获得文章的整体寓意。他们力图在大量的生活细节中筛选出极富特征的、带有本质性的意象群作为审美的载体,以"细节群的叠合、铺陈、提炼、收缩",来"实现一种面对、进入、体验、感悟、省思和审美系统的确立"①。显而易见,"审美系统"的作用不是靠个别意象辐射、衍生出来的,语义的生成在很大程度上要取得语境的支撑,能不能创设这样一个朦胧、含蓄又带有指引性的象征语境,是对散文诗人抒情能力的考验。人们普遍承认,一篇几百字的优秀的散文诗,在读者心灵上引起的震动,有时往往比一篇几千字的散文更持久,因为它以精简的形式,传达出丰富得多的意味和张力。这种暗示的力量,就是象征性系统的力量,是散文的写实性描写鞭长莫及的。从另一个角度来看,这也是抒情的节制对散文诗体型的回应。"我们"散文诗群提出以"意象性细节"生成象征性系统的这种自觉的审美意识,充分体现出作家对文体的重视和尊重。

三、散文诗的精神性难题

散文诗的艺术象征世界的建立,作为对其"小感触"抒情性难题的提升,可以说有很大作用。它不仅涉及散文诗内部的艺术建构,也涉及作家的精神追求。

散文诗虽然是最适合表现自我内部世界的幽微、曲折变化的文体,却

---

① 灵焚. 灵焚的散文诗[M]. 广州:花城出版社,2008:177.

要经由自我的内省,达到对外部世界的包容和展示。否则,这种建立于"自我"之上的抒情就容易堕入一己的小情调中。当代的散文诗作家早已意识到:"散文诗发展到了今天,在寻求自足性的艺术技巧、美学原则追求的同时,还应该尝试驾驭一些大题材,关注人类最为根本的生存境遇,突破对于风花雪月、恋情、哲理等小感触的留恋。"① 散文诗"时代感"的获得,应该来自"一种超越了前人眼光的感知和审美判断,一种从人的基本问题出发切入了生活深沉脉动的发现和领悟,一种穿透生活实在的过去、今天和未来三位一体的观照"。散文诗以"小感触"折射"大世界",不是机械地反映变动着的现实生活,也不必趋时地追赶日新月异的工具意象,其关键在于以一己的精神力量穿透、追问、重新体认物质世界。

精神性也即思想性,它指的是作家内在生命世界的能动性、丰富性和创造性。它是作家意志、个性和能力的凝聚,是作家整个人格和心智的自我完善和自我实现,也是作家观察世界和思考世界的一种存在方式。精神是一种自由且独立的高贵元素,但它必须建立在独创且丰富的个体之上,这样精神性才有可能既是精神的,又是肉体的、生命的和灵魂的。只有寓于个体又高于个体,精神才是一个完整的存在。精神性追求能使作家不盲从于时代所给定的观念,更真诚地面对真实的自我,并在说理谈玄的学问面前保持足够的节制和可贵的警惕。

精神性首先体现为一种自由言说的姿态。唯有自由的言说姿态才能带来精神的独创性。在"我们"散文诗群体中,周庆荣以朴素为信仰,理直气壮地呼唤理想;爱菲儿以女性诗人的气质,展现她建立在"医生"这一职业经验上的世界真实;灵焚用梦幻般的理想激情和浪漫想象,刺穿记忆中的疼痛,固执地指向精神的朝圣之路;黄恩鹏用抒情的声音穿透历史的叙事;还有当代散文诗大家耿林莽透过吸纳工业文明的工具意象来传达

---

① 灵焚. 灵焚的散文诗 [M]. 广州:花城出版社,2008:177.

"民生关怀"……散文诗如浪花般簇拥,每一次拍岸都发出自己的声音。他们自由而真诚的言说姿态,让我们看到散文诗这一"触须"可能延伸到的宽广地带。

其次,这种精神性还表现为在体验孤独、拥抱荒凉、直面死亡,感受生命的关联性和整体性,"用整个生命与世界相遇"时对生命的敬畏和呵护、对生命价值的苦苦探询、对理想和信仰的不懈追问。它经由"自我"对外部世界的体认而回归到对"自我"的省察中,充分展示了生命的丰富性、神秘性和复杂性,使得散文诗接通了外部的大千世界,告别肤浅庸俗、小花小草的吟唱,具有穿透力和超越性。周庆荣在平凡、朴素的家园和众人中辨认他的时代英雄,在乡村铁匠又白又长的胡子里读出了空旷的乡村,在附庸风雅的采菊吟诗中辨认"我不想的事",用一个个短小的篇章,掂出了灵魂的重量。这种细小、朴素的介入,呈现的却是我们这个时代急剧变化的生活景象,他不仅跳动着时代的脉搏、闪现着"大世界"的光影,而且坚定地出示了理想的所在。灵焚则在他的散文诗中,留下了他追寻"情人"的精神性足迹。这个情人是"一种不可靠近的终极之美,一种灵魂,一种归宿的精神性指向"。它一次次逼视作者,在语言中处理"自我"与"他者"、"个人"与"世界"的纠缠关系,在煎熬、省思、陶醉、跌坠中裸露灵魂的真实。哲理的思辨与诗性的意象、诗性的语言结合在一起,在灵的追问与"心之翔舞"的过程中,实现了抒情性和精神性的互动和反馈,达到了"思"与"诗"的交融,以一种独创性的精神守望,重新接续了鲁迅《野草》所奠定的散文诗的传统。

此外,精神性还体现在艺术技巧的突破和创新性上。越来越多的散文诗作者坚信:"散文诗不是两者的结合,散文诗完全超越了这两者的存在,它是一个可以包容所有文学艺术中精华的元素来铸就自己的美学品格的文体。"① 无论是老一代散文诗作家，还是当下散文诗创作的中坚力量，都在勤勉地尝试一些新的创作技巧：人称的变换、场景的置换、抒情的后撤、叙事的突进，象征、梦幻、意识流、超现实、黑色幽默、反讽的运用，这种包容开阔的气度和眼界，其实正是"我们"散文诗群"大诗歌"观念的一个体现。

纵观散文诗九十几年的发展历程，专注"精巧"、甘守"寂寞"仍是许多散文诗作家的信条。散文诗不求如实、逼近地展现斑驳的世态万象，而是通过固执地转向内心空间，用一个富于个人性的"自我"来言说当下，言说生活熔铸在心灵的秘密。所以它是越内越外的，它不像诗歌那么超脱、大胆，又不像散文那么从容、闲适、随意，它比诗歌和散文都显得更小心翼翼。也正因为这种小心翼翼，散文诗显得更典雅、更精致、更简约、更隽永。如果说，散文是走路，诗歌是"戴着镣铐跳舞"，那么，散文诗便是踮着脚尖跳舞，矜持又唯美地在心灵之镜上弹奏出动人的乐章。它轻盈、灵动，富于弹力的集中，在大小方寸之间，在"思"与"诗"的契合中，诗意地坚守个人的精神存在，构建超凡脱俗的抒情空间。

---

① 王云鹏. 大诗歌：中国诗人俱乐部作品选 [M]. 北京：中国青年出版社，2010：1.

第四章

诗学文体的地域裂变

文学的形成与发展受很多因素的影响，包括经济、政治、文化和地理位置等，作家在特定地域中形成的空间意识对作品有着潜移默化的影响。文学有地域性，不同的地域属性造就了它自身的文化特性，具体到文学作品中，就形成了特有的文学样式文学风格。古人早就意识到了地域空间对文学的影响，《文心雕龙》称北方的《诗经》"辞约而旨丰"，"事信而不诞"；而南方的《楚辞》则"瑰诡而惠巧"，"耀艳而深华"，明确说明了地域与文学的关系。文学作品是作家富有地域性的审美观的体现，反映了当地的文化生活与独特的环境氛围。纵观古今，许多杰出的作品都体现了鲜明的地域特征。作家凭借记忆寻找一个空间来安放自己的灵魂，传递情感和思想，作家笔下的乡土或都市已经不再是单纯地理意义上的空间，而成为个人精神和自由理想抒发的独特空间，成为一种文化符号。城市景观和田园景观被赋予了某些象征意义，地理空间成为具有价值观念和文化意义的象征系统。通过分析空间格局和引领这种格局的观念意识，可以帮助我们了解文学作品中"空间"所渗透的价值倾向和文化意义。

"空间批评"在诗学文体中的体现,其实就是"地域诗歌"的问题。本章通过对诗歌现象(乡土诗歌与都市诗歌)、诗歌风格(东部诗歌与西部诗歌)及诗歌观念(南方诗歌与北方诗歌)等问题的分析,来呈现现当代诗学文体的地域裂变。

第一节　乡土诗歌与都市诗歌的对话和疏离

从地域上来说,都市与乡村是两个对立的概念;从文化上来说,乡土和都市分属于各自不同的地域文化,都市文化是现代文化的代表,乡村文化则是传统文化的象征。它们都孕育于中国这一片土壤之上,看似两个互不相干的空间,实际上正在相互碰撞、相互影响。在中国现当代文学中,通过这种地域分类而产生的都市文学与乡土文学不仅在内容上大相径庭,在表达形式和语言风格上也有所差异。乡土和都市作为划分文学作品题材的一个尺度,两者有清晰的界限;而乡土文学和都市文学在叙述空间和情感空间上的差异,也是显而易见的。

首先,在题材与内容上。乡土文学泛指以农村生活为题材,描写农村人事,具有浓郁乡土气息和怀乡情调的作品。在现代文学史上,鲁迅的小说《社戏》《故乡》等是最早具有乡土气息的作品。20世纪四五十年代乡土小说渐成流派,以赵树理、马烽、西戎为代表的"山药蛋派"和以孙犁为代表的"荷花淀派"影响较大。80年代以来路遥的《人生》《平凡的世界》、陈忠实的《白鹿原》等作品则体现了"乡土文学"在新时代的流变。

"乡土文学"发源于五四时期,乡土小说主要靠作者的回忆重组来描写故乡农村的生活,带有浓厚乡土气息和地方色彩。乡土诗歌的题材、风格和语言,也都带有浓郁的地域特征。它们的叙述背景是以自给自足的自然经济为主导的经济形态及在传统礼俗上自然形成的文化观念。地域性是乡土文学的基本特征,也是我们评论乡土文学的基本视角。

与乡土小说、乡土诗歌不同,都市文学的定义就宽泛得多。都市文学中的"都市"指的是现代化背景下的都市。"都市文学必须基于'都市'的概念之上,是体现现代商业化都市背景下的文学,而非彰显中国历史上传统意义中的政治经济中心生活的文学。"① 可见,都市文学更关注"城市"的商业特征,都市文学的勃兴和发展是以工业化、商品化渐趋成熟的当代社会为背景的。

乡土文学的叙述空间、情感空间是比较固定的,主要是揭示乡村的生存状态和农民心理,并由这些乡村叙事生发出有关文化或政治的寓言,表达富有哲理的思考。都市文学的叙述空间则是不固定的,它以现代都市为场景,勾勒城市的各种风貌,书写自己对城市的印象,描写工业化下的都市生活以及个体的都市体验,塑造具有新时代气息的"都市人",抒发复杂微妙的都市情绪。开放多元、变动不居的都市生活为创作提供了丰富的素材,也为百年文学注入了迥异于"乡土"的新鲜特质。

其次,在叙述风格上。乡土诗歌主要有两种风格,一种是主要以现代启蒙主义价值观审视乡村社会,指出封建制度社会的不合理,真实描写人在这种秩序下的生存状态。乡土诗歌的另一种风格则是主要抒发对城市生活的厌倦,将自己理想的生活方式寄托于具有田园牧歌情调的乡村,并极力对其加以赞美。这类诗歌往往侧重情绪的抒发。大多数都市文学体现了对现实社会的观照和批判以及对理想生活的向往,创作重点在于呈现都市人在社会变迁过程中的思想体验和情绪抒发,折射光怪陆离的都市奇观,在创作手法和艺术风格上更具"现代性"。

乡土诗歌与都市文学形成了各自不同的叙述风格,其原因不是单一的,而是多种因素共同作用的结果。首先,诗歌的叙述背景存在差异。乡土是

---

① 李洁非. 城市文学之崛起:社会和文学背景[J]. 当代作家评论,1998 (3).

指中国广大乡村的基层传统社会,人们的思想相对落后和蒙昧;都市则是走在时代发展的前沿,最先感受到社会经济、政治、文化的变化,也是对社会变革最先做出反应的地方,人们的思想相对于农村来说较为先进开放。这是乡土和都市两种截然不同的地理空间造成的。其次,乡土诗人与都市文学作家在创作心理上存在差异。乡土诗人,更多依靠经验主义,通过回忆自己在乡村生活期间的各种人事、经历,意在怀念淳朴的乡土生活。他们也注重反思,创作目的是审视、揭露经济文化落后的乡村生活,对人性发展的束缚。都市文学作家力求如实地记录自己参与其中的都市生活,创作意图是描述现代化制度下色彩斑斓的都市生活,在批判繁华带来的社会弊病的同时又流露出对都市生活的渴求,存在着情绪与情感上的矛盾。

都市文学与乡土诗歌在空间上出现差异是一种正常的文学发展现象。从更广泛的社会意义上而言,乡土诗歌与都市文学的差异更多的是一种社会发展程度与文明伦理的差异与冲突。乡土诗歌构建出来的更偏向于农业文明的伦理空间,在当代诗学领域仍然占有一席之地,也存在着自身独特的价值。而都市文学、都市诗歌,则已经摆脱古代山水田园诗的束缚和影响,成为更适应现代都市文明与文化、代表着更强势的文化力量的一种文学空间。不过,现代文学发展至今,都市文学与乡土文学已不再壁垒分明,二者由疏离走向了对话和渗透。正如有诗人指出:"乡土诗歌源于乡村生活,又为现代生活所观照。诗人不再是站在单一乡土的视角来观察和体会生活,乡土诗歌也不仅仅是单纯反映风土和民俗,而是从乡村走向城市又从城市走向乡村,是一个现代人的生命直觉和理性思考相融会的表达方式,因而,相对于以往习惯上称谓的乡土诗,它们是丰厚而更具新的美学特征的。"[1]

---

[1] 中国诗歌网[EB/OL]. http://zgshige.net/c/2017-09-05/4213030.shtml.

第二节 "西部文学"的空间拓展

"西部文学"是近年来被逐渐重视的一个概念。因为中国版图的辽阔，各地区长期以来政治和经济发展的不平衡，中国西部在文化上形成了相对封闭而传统的精神内核。地域性极强的西部文化在很大程度上并不为人所知，因此"西部文学"在很长一段时间内并不是一个受重视的研究对象。实际上，就连"中国西部"这个地理概念的界定也经历了相当长的争议过程，基于其地域性力量和审美价值的"西部文学"内涵更是模糊。

崛起于20世纪80年代中后期的西部诗歌，植根于源远流长的民族历史、苍茫偏远的地域文化和日渐开放的现实土壤，通过对中国西部自然景观和人文景观的呈现，从历史、宗教、地域等多个角度彰显了其深厚的文化底蕴，进而以强劲的势头出现在诗坛，并逐渐形成以杨牧、周涛、林染、昌耀、马丽华等人为中坚力量的西部诗群。西部诗人的写作，善于将历史空间与现实空间、外部空间与个人心灵空间相结合，凸显大西北包容且神秘的氛围。

一、题材与情感

西部诗歌常常用沉重的历史记忆和丰富的人生体验，反映一代人的精神创伤和心灵历程。诗人们通过对西部历史空间的书写，进一步展开与现代都市空间的对比，自然而然地深入到个人的心灵空间，带来不同寻常的震撼效果。而这种写作模式也决定了西部诗歌的题材一般是以反映历史创伤、宗教影响以及地域文化为主。

"人类共同命运的搏斗，民族滴血的历史，未来的变幻莫测而又充满诱惑，没有比西部体现得更充分、更内在、更深刻的了。要进入西部诗歌，首先就要进入这种氛围和意识。"① 这是西部诗人林染所强调表现的"西部氛围"和"西部意识"的内涵。其基本精神是要"以西部中国自然地域和人文地域为诗情触发点，物我化一，又物我互现，高视点、广角度地透视东方民族顽强的反命运力量"②。这篇《西部诗论：从高昌壁的黄昏开始》的文章传达了西部诗人的共识，"西部氛围"成为他们诗歌创作的灵感和审美追求的出发点。

由于西部拥有其他地区所不能及的厚重历史，西部诗歌必定难以离开对历史空间的书写。"它是一个窒息生灵无法解脱的噩梦"，"在跨越不完的噩梦中发现了生灵/一颗荒漠的心"。（牛汉《一只跋涉的雄鹰》）"噩梦"是诗人牛汉对历史灾难的刻骨铭心的体验，与此同时，他在诗中经常出现"鹰"的意象，这也表现了人类在历史灾难中所体现的搏击与反抗，加深了历史沉重感。"大漠落日，不乏的仅有/焦虑。枕席是登陆的/码头。""红尘落地/大漠深处纵驰一匹白马。"（昌耀《记忆》）诗人昌耀则钟情于在历史空间与记忆空间中的荒原，通过虚实结合的手法，去体现历史的悲壮与沉重。

具有厚重历史感的西部还是一个多民族的聚居地，由于它们民族各自的人文传统，使西部文化呈现出了多元化的态势。西部各少数民族在自己的文化发展中形成了各自的宗教信仰，因而儒教、道教、佛教、基督教和伊斯兰教，在这块地域上交错并存。西部多元、复杂的宗教信仰决定了西部文化丰富、驳杂的底蕴。以宗教文化作为题材之一的西部诗歌，关注西部人的宗教心灵，着重表现他们对信仰的虔诚追求。

"难道死在它腭下的人还少么……/使探险者的灵魂留下不可平复的惊悸/使强壮的山民目光变得愚钝/大批的驼队出发而驮回尸体/他总是强迫人们承认自己的渺小/在原始的蛮力面前感到神秘。"（周涛《神山》）组诗

---

① 林染. 林染抒情诗选 [M]. 西宁：青海人民出版社，1988.
② 林染. 西部诗论：从高昌壁的黄昏开始 [J]. 当代文艺思潮，1985 (4).

《神山》的基调本是激情洪亮的，却也不乏对生命苦难的描写，诗人把这看作是自己的信仰和生命的本性。这样的信仰影响着诗人对生活的深层体悟：生命必然要经历苦难，苦难意识变成了他们生命的本质。对宗教文化的虔诚从历史空间深入到了个人，使他们的诗歌具备了更强的表现力和感染力。

杨炼的《敦煌》则将内心的空寂与大漠的旷远融为一体，同化为宁静深远的心灵空间。诗人把个人心灵空间指向宗教体验，大自然的神秘和宗教的神秘在碰撞中融合。昌耀的《莽原》《内陆高迥》《旷原之野——古疆描述》，其诗名本身就体现着宗教般虚无缥缈的存在感，昌耀在西部的寂静与孤独中体味着"虚空能含一切"①、"高迥"的"内陆"难以确切记叙的感受，带领读者进入神秘的心灵空间。也正是这种神秘感彰显了西部的宗教氛围，并使得西部诗歌体现出外部空间与个人心灵空间的合一。

西部诗歌还有一类题材是书写西部地区的自然空间，从而展现其所在地域的文化魅力。"诗歌和一切艺术一样，其最高旨归是接近自然，即用最切合某种生命状态的语言去同构最切合宇宙自然的生命，从而实现自然——生命——语言的双重隐喻的同构体。"②

西部地域所拥有的坚硬质感，辽远的旷达之感以及贫瘠的土地所带来的寂寥感，会给诗人的心灵带来震撼乃至共鸣。诗人在这片土地上找到与自己相契合的精神风格，"这是赭黄色的土地，/有如象牙般的坚实、致密和华贵，/经受得了最沉重的爱情的磨砺。/……这是象牙般可雕的/土地啊！"（昌耀《这是赭黄色的土地》）昌耀之所以认为这土地是可雕的，是因为他认为在这块土地上可以找到和自己的心灵空间相协调的东西。但是，在这块土地上，"看不见飞鸟，看不见鬣狗，/看不见牧人的短剑。"（昌耀《驻马于赤岭之敖包》）恶劣的环境带给昌耀的除了博大的胸怀之外，还有刺骨的严寒以及时间的无情。而林染的诗，更多的则是借助于大都市吹来

---

① 昌耀. 命运之书：昌耀四十年诗作精品［M］. 西宁：青海人民出版社，1994：311.
② 李震. 中国当代西部诗潮论［M］. 西宁：青海人民出版社，1993：8.

的现代风,拉动古老的西部地域,在现代都市空间与传统空间的逆差中,表现当下的生存状态与心灵状态。譬如《天蝎星座》写旅游季节的旅游车,"像新颖的包装/像戴胜鸟带着歌词的轻快飞翔/叶子们一路颤动/在草原圣城/在雪山"。旅游车加快了西部的现代化,使得偏远古老的西部有了新的景象。但诗中并没有让现代文明改变西部地域的宁静,诗人以西部主人翁的姿态书写着自己的内心感受:"不要采雪莲,不要碰那些羊","别打扰雪峰蓝湖的静静睡眠"。西部诗歌有着对博大自由的生命空间的共同追求,林染诗歌的这种境界,则是对西部自然空间的拓展,显示了西部持续不断的生命力。

西部独特的历史风貌和地域特色构筑了西部独有的文化形态,这决定了西部诗歌的空间书写具有一定的确定性和指向性,并以执着的姿态谋求着创新与发展。

二、语言与形式

由于西部诗歌诞生于特定的地域背景,因而其语言形式也具有一定的地域特征,体现了外部形式与内在诗质的协调统一。

相较于同一时期的"朦胧诗",西部诗歌的写作比较注重形式的构造。但这种对于形式的追求,并不拘泥于"节的匀称和句的均齐"(闻一多语)的"新格律"要求,而是在诗歌的韵律节奏和结构形式上有所侧重。"兀立荒原/任漠风吹散长鬃/引颈怅望远方天地之交/那永远不可企及的地平线/三五成群/以空旷天地间的鼎足之势/组成一幅相依为命的画……"(周涛《野马群》)周涛的诗中,有很多此类铺陈的句式和抑扬顿挫的韵律,这与西部自然空间所带给我们的冷峻、刚健的印象是一致的。"最边远、最艰难的地域/属于士兵/有山处,是山的孝子/有海处,是海的忠臣。"(周涛《哦,士兵》)这类诗句则不仅韵律抑扬顿挫,在句式上更显工整。杨牧的诗中,也有很多这类抑扬顿挫的节奏韵律和对偶工整的排比句。"我是青年——/我的血管永远不会被泥沙堵塞;/我是青年——/我的瞳仁永远不会拉上雾幔。/我的秃额,正是一片初春的原野,/我的皱纹,正是一条大江的开端……我是鹰——云中有志!/我是马——背上有鞍……"(杨牧《我是青年》)在《无愧的和旋》中,杨牧连续用了36个排比句,在《海》一诗中,甚至用了多达50多句排比。如此铿锵的节奏和恢宏的诗歌形式,有助于体现西部诗歌粗犷豪放、昂扬雄健的风格,两者是相辅相成的。在挣扎与开拓中,不忘坚守自己固有的内在品质,这是大西北的拓荒者留给我们的印象,这种印象在西部诗歌的形式中得到了再现与强化。

在语言方面,西部诗歌则具备了与西部景观特征相"匹配"的明显的"雄性"特点,以杨牧、周涛、章德益为代表的诗人都认为:"大西北是雄性的",绝无女性的柔弱,正如"天山的喉结高高突起……/没有柔弱,只有亢奋……/高高地挺立着男性的坚韧"(杨牧《大西北,是雄性的》)。于是他们的语言便充满了雄放的情怀,歌唱着西部粗犷豪迈的"雄性美"。在表现西部雄性的同时,也表现了西部诗人独特的情怀。杨炼的代表作之一《诺日朗》,便极力高扬了自然的生命力,用"雪山和瀑布""午夜"等景观,象征生命的勃发和释放的辉煌,这对现代人生命力的日益萎缩是一种警醒和震撼。

这群西部诗人大多是志愿来到这里,在火热的创业生活中逐渐爱上了这块土地,因而他们的诗充满了激情与血性。在20世纪80年代以来的当今诗坛,西部诗歌以铿锵有力的诗歌形式和昂扬向上的语言风格,引起了读者的强烈共鸣。充盈着阳刚之气的西部诗歌,以外在形式与内在品格的统一,重燃了西部的血性与风流。

三、西部意象

西部是一片偏远的土地,在经过了漫长而丰富的历史之后,积淀了古老凝重的文化意蕴。西部的荒原、雄风、冰山、骆驼、马群……一旦进入诗人的视野,就会与诗人的情感记忆、历史经验产生碰撞,演化为诗的幻想并进一步生化为诗的幻象,这种幻象是"诗人灵魂与西部惊魂在对话过程中瞬间交流契合所生成的信息形象符号"①,也即"西部意象"。

诗人用充满感情的笔墨书写了对西部的热爱,在他们的笔下,历史空间与现实空间再度结合,大量的"西部意象"成为他们歌唱和抒情的对象,骆驼就是西部诗人笔下的重要意象之一。"即令骆驼死了,即令失去向导/你西行客的双足/仍会踢破人烟不至的寂寥/踩出一条条/乱而有序的小道。"(李云鹏《西行客》)西部诗人笔下的骆驼是坚忍不屈的西行客的象征,是西部拓荒者的形象,他们面对西部严酷的环境,没有退缩、一往无前。

林染、周涛、马丽华等诗人的作品同样运用西部的自然意象,以满腔豪情去面对西部环境的恶劣:"我们原是从荒蛮的纪元划来/我们造就了一个大禹,/他已是水边的神"(昌耀《划呀,划呀,父亲们!》),"冈底斯山、喜马拉雅山、喀喇昆仑山/三大著名山系的躯体纠缠在这里/高度的竞争,力的交错/凝聚成无数突出的筋脉和肌块……"(周涛《角力的群山》)面对严酷的环境,诗人没有悲叹,没有逃避,而是努力与环境抗争、与命运抗争,体现出了顽强的生命力与奋斗不息的精神。

为了全面展示西部的文化景观,仅仅依靠自然意象是不够的,一些古代文化遗迹的意象也纷纷进入到诗中,如章德益的《文物:古陶瓶》、林染的《藏经洞的故事》等。同时,代表宗教文化的神话传说、宗教仪式作为文化景观中的新意象,也进入到了诗人的视野中,增添了诗章的奇幻色彩。如昌耀的《牛王》《古本尖乔》等诗描述了图腾仪式、宗教活动等场面,包含了很多代表宗教文化的意象。与此同时,诗人还会适时从文化角度对一些自然意象加以挖掘书写,使它们成为西部诗歌中更深层次的情感载体。如章德益组诗《西部魂》中的高原,已不是自然景观中用来象征开拓者的意象,而成为整个西部文化的代表与缩影。

---

① 杨经建. 神秘主义文化与神秘主义文学:伊斯兰文化与中国当代西部文学论之一 [J]. 天津社会科学,2002(3).

西部诗人笔下的"西部世界",不仅仅是一个地域概念,也是整个中国文明发源地和中华民族的象征。所以,西部诗人通过对西部自然意象和文化意象的展现,探秘中华文化的源头,在历史空间与现实空间的结合中,彰扬了中华民族昂扬进取和自强不息的精神。

四、哲学空间

西部地区神奇而苍凉,博大而空寂,雄浑而贫瘠,面对这样一个矛盾而又统一的大西北,西部诗人们既没有一味歌吟大西北的壮美,也没有单纯表现大西北的荒凉,而是以富于哲理的思辨,把历史空间与现实空间、外部空间与个人心灵空间结合起来,通过对人类生存过程的审视,去表达自己的生存观。

西部诗人的最大贡献就"在于他们创造性地把中国当代人的思考溶解于西部特有的自然景观之中"。"他们以西部冷峻、严酷、雄伟的山川大漠作为庄重的舞台,揭示凝聚于自己生命之中的生活在这里的人民世代不断的开拓精神和豪放态度。"[①]

杨牧的长诗《海西运动》,表面上是在书写西部高原雪域诞生的过程:他将全诗分为《西海夜》《胎动》《横空出世》《英俊三少年》和《为了一双凹陷的慈乳》五部分,记叙了西部高原雪域诞生过程中所经历的痛苦的胎动,并写了西部慈母孕育"三少年"后身躯枯萎,双乳凹陷,但仍孕育着喜马拉雅山。我们能从诗人充沛的激情中,感受到西部文化所具有的牺牲精神和悲壮气魄。与此同时,西部高原雪域的诞生过程也寓意了西部民族的艰难诞生,这便促使我们主动地去思考人类生存过程的艰辛。

关注现实空间的西部诗人,不会只把眼光放在西部荒漠之上,诗意地书写"西部氛围"。他们同样也要面对现实空间中不尽如人意的地方,面对

[①] 谢冕. 崭新的地平线 [J]. 中国西部文学,1986 (1).

商品大潮的冲击，所产生的物欲膨胀、精神空虚、道德沦丧等问题。西部诗人对于现实空间的敏锐感知，必然会反映在他们的诗歌当中。于是，西部诗歌逐渐转向对精神危机和生存困境的表现，转向对理想失落与自我生命的审视。他们为理想的失落感到悲哀，对世风日下感到沮丧，但仍在诗歌中展现了顽强的生命力，他们的审美视野从西部景观深入到了个人心灵空间与文化哲学空间的层面。

杨牧的诗最明显地体现了西部诗歌从"现实空间"向"心灵空间"的转向。继诗集《雄风》之后，他的诗集《边魂》便转换了书写基调，逐渐开始了对自然哲学的思考和对自我生命的审视。其系列组诗《边魂》以《边魂》《错影》《圣土》三组作品，从哲学的高度，表现了"天人合一"的理想、生命的本质和积极向上的生存观。章德益的《黄土》之歌，则将笔触深入到民族历史与文化心理的空间之中，用形象地概括，深刻地揭示了中华儿女的一切"生之血肉/死之躯壳/思之形态/魂之依附"，"都源于黄土"这一精神文化母体的真理："它包容一切，而又覆盖一切/分娩一切，而又湮没一切/使一切圣者垂思，一切智者彻悟。"从而深刻地揭示了我们的"生命之根"和"智慧之源"。

西部诗歌所阐述的哲学空间，是现实空间与个人心灵空间的统一，深化了诗歌的内涵，显示了西部诗人强大的艺术创造力。

西部诗歌的空间书写，"表明其有不同于政治抒情诗和朦胧诗的显著特征，即题材贴近生活，风格昂扬雄健，有较为深刻的个人思考"[1]。这对当代诗坛的萎靡粗鄙之风，确实具有纠偏的作用，也是西部诗歌在当代文学史上的独特价值。当"朦胧诗"和"归来之歌"逐渐消歇，"第三代诗歌"喧嚣一时而又渐趋消沉之时，西部诗歌将历史空间、现实空间以及个人心灵空间相结合，以辽阔刚健的格调，展现了其独特且持久的诗歌魅力。

---

[1] 程光炜. 中国当代诗歌史 [M]. 北京：中国人民大学出版社，2003：26.

第三节 "诗分南北"的现代构成

——当代诗歌的"广东版图"

早在北齐时期,著名文学家、教育家颜之推就在其著名的《颜氏家训》中的《音辞篇》,从地理角度指出了诗歌的地域风格之区别:"南方水土和柔,其音清举而切诣……北方山川深厚,其音沉浊而鈋钝(滞浊迟缓),得其质直。"① 明代李开先在《乔龙溪词序》中也说过:"北之音调舒放雄雅,南则凄惋优柔,均出于风土之自然。"② 可见,对于中国诗歌的地域性特征,古代文学理论家们早有认识。

"诗分南北",从理论上看是对诗歌进行的风格区分,是一种文学地理学;而从现实来看,主要体现在地方诗群的建立方面。新世纪以来,地域诗歌创作越来越活跃,地方诗群渐次"浮出水面",成为新世纪诗歌值得关注的一个现象。《东三省诗歌年鉴》《河北诗选》《广西现代诗选》《湖北诗选》《21世纪贵州诗歌档案》《陕西诗选》《湖南青年诗选》……地域诗歌成为诗人有意无意的一种创作诉求;因而,有诗人认为:

> 一些诗人,在一个地方写作,以一个地方为旗帜而昭彰于诗坛,这就是地域写作。我觉得最近几年地域诗歌很繁荣,这是一种诗人自我定位的必然,比如,如果将眼界放大到全国,很多地区的诗人的重要性和意义就会大大降低,他们很难显山露水,而他们的诗歌动能又需要释放,怎么办,回到本地区进行必要的诗生活是一个明智的选择。一方面,在受限的地域中,他或者她的写作意义甚至生存意义会得到呈现,地域就此成为一个诗歌圆桌,大家都会在圆桌周边找到自己的位置。最重要的,广泛的地域诗

---

① 颜之推. 颜氏家训 [M]. 檀作文,译注. 北京:中华书局,2007.
② 郑子勉. 明词话全编 [M]. 南京:凤凰出版社,2012.

歌活动及其活跃,其实就是诗歌本身的活跃,广泛的播种可能会带来真实的丰收。说白了,地域诗歌就是一部分诗人的一种玩法,一种活法。①

"地域诗歌"是一种概括性的描述,其诗学内涵及美学向度则体现在大大小小各种地方诗群的创作中。本文仅以广东地方诗群为个案,分析"地域诗歌"的发展特征。

广东是岭南文化所在地,其内部又包含了三种风格迥异的文化类型,即广府文化、客家文化和潮汕文化。这三种类型的文化,其来源、发展、变迁、特征、形式、风俗、礼仪等,各不相同。新世纪广东诗歌的地理版图,是由一个个地方诗群拼接而成的,这些地方诗群,不但经常组织各种诗会、诗赛,也经常把他们的诗歌以个人诗选、地方诗选或主题诗选的方式结集出版。在广东的"诗歌地理"的版图中,比较活跃的地方诗群,主要包括广州诗群、深圳诗群、潮汕诗群、东莞诗群、阳江诗群、中山诗群、梅州诗群等。

广州是中国的南大门,作为改革开放的前沿阵地和广东省省会城市,近年来也成为许多诗人和诗歌活动的聚集地。在广州地方诗群中,常年活跃着一大批诗人,除了成名较早的诗人杨克,还包括年青一代的诗人世宾、黄礼孩、黄金明、东荡子等。广州诗群除了拥有一大批青年诗人之外,也拥有两大诗歌阵地,一是以花城出版社为背景,以《中国诗歌年鉴》《花城》《作品》杂志社为中心的诗人群;二是以最具全国性影响力的民刊《诗歌与人》杂志社为中心、辅之以《诗歌报》等诗歌媒体的诗人群。新世纪以来,广州的诗人们为中国诗坛奉献了不少好作品,也提出了"民间写作""完整性写作"等诗歌理论,成为中国当代诗歌不可或缺的一个重要组成部分。

深圳作为中国的特区城市,其城市的日新月异给诗歌创作提供了充足

---

① 董辑. 有关"地域诗歌"的问答 [EB/OL]. (2012-04-16). http://blog.sina.com.cn/s/blog_ 486445220102e10t.html.

的素材，也为深圳地方诗群的诞生提供了丰厚的物质基础。深圳并非"文化沙漠"，相反，因为有了徐敬亚、王小妮、钟永华及新一代的莱耳、杜绿绿、樊子等诗人，更有了在网络诗歌论坛上名声最大、影响最广的"诗生活"网，深圳在全国诗坛上也有着自己的地位和影响力。

潮汕地区包括了潮州和汕头，这个把韩愈当作圣人一样尊崇的地区，对于诗歌有着惊人的热情，也涌现了一大批诗人。潮汕诗人沐浴着独特的潮汕文化习俗，他们的诗歌作品具有独特的古韵，是中国当代诗坛的一朵奇葩。在潮汕诗群中，比较活跃的诗人有黄昏、傻正、陈培浩等。在诗歌创作和传播方面，潮汕诗群以韩山师范学院诗歌创作研究中心为依托，创办了《九月诗刊》等诗歌民刊，编选并出版了《韩师诗歌十五年》《迷舟摆渡》（陈培浩）等一批诗歌选本和诗歌评论集。

东莞诗群也是值得一提的，尤其是新世纪以来，作为中国全球化时代的符号和样本的东莞，被许多诗人记录、歌唱、斥责或哀叹，是"打工诗歌"的主要产地之一。东莞不仅盛产诗人和"打工诗歌"，也在诗歌理论上进行了诸多的探索，诗人方舟编选了 77 位中青年诗人的诗选——《在路上——东莞青年诗人诗选》，也编选了《承担之镜：东莞青年诗人散论》，汇集了东莞诗人方舟、郑小琼、柳冬妩等人的作品。可见，"正是郑小琼等许多诗人的努力，黄麻岭，桥沥等一个个地名'活'在了文学的叙述中，'铁'成为写作中的核心元素。打工，命名了这个时代的文学事件"[①]。

阳江诗群、梅州诗群和中山诗群等地方诗群也应该被记载在中国诗歌史的版图上。阳江作为五邑侨乡，涌现了不少有特色的诗人，如陈计会、张牛、黄昌成等。2006 年《阳江青年诗选》的出版，标志着阳江诗群（或称"蓝鲨诗群"，主办有民刊《蓝鲨》诗刊）跃出水面；而《蓝鲨诗选（2007—2017）》的出版（上海文艺出版社 2018 年版），则集中呈现了阳江

---

① 杨克. 他们书写的是断代史的中国梦［M］//方舟. 在路上：东莞青年诗人诗选. 北京：大众文艺出版社，2009：1.

诗群长达十年的探索和努力。梅州是客家聚居地，作为岭南三大文化派系之一，梅州诗群的诗作具有浓郁的乡土气息，也同时具有中原文化的古风残存，代表诗人有游子衿、边城、吴乙一等。1999 年，代表梅州诗坛崛起的"次生林诗群"在《故乡》诗刊集体亮相，标志着梅州诗群的成熟。中山作为革命先驱孙中山先生的家乡，也作为大诗人苏曼殊的故乡，具有冲破陋习、敢于创新的文化传统，因而，中山诗群着力于诗歌从内容到形式的突破和探索，先是余丛、符马活和乔明杰等人创办了"三只眼诗歌部落"，后又出版了《黄金在天上舞蹈——中山先锋诗十四家》，符马活等人还编选了《中国先锋诗歌档案》、《2008—2009：中国诗歌双年展》等诗选，对于当代先锋诗歌的创作和传播都做出了贡献。

此外，茂名诗群、佛山诗群和珠海诗群，也是较有名气的广东地方诗群，其中佛山诗群依托于《佛山文艺》杂志，举办了多场诗歌盛会，因而在 2011 年底被评为第一个"广东诗歌城"。这些地方诗群，共同推动和见证着诗歌这种文体在新世纪广东的蓬勃发展。

除了地方诗群，新世纪以来，随着网络社区的普及，广东和全国其他地区一样，也诞生了一个特殊的诗群——网络诗群。2003 年前后，网络上诗歌论坛大量涌现，广东诗歌论坛主要包括了"诗江湖"论坛、"一刀文学网""露天吧""诗生活"网等，它们具有全国性的辐射力，广泛参与各种诗歌活动，改变了广东诗歌传播的空间和生态，也构成了一个特殊的网络诗群。网站、论坛等新传播空间给诗歌带来了重要改变，尤其是诗歌欣赏和批评的快速反应方面。诗歌的内在诗质因为网络论坛而有了新的建构。广东诗人创办的这些诗歌网站、论坛也成为当代中国诗歌的焦点之一，显示了网络论坛与诗歌之间密切的内在关系，同时也昭示着网络社区对于中国文学发展的重大影响。

近 20 年来，"空间理论"持续火热，人们逐渐从以时间或历史为坐标来分析事物转移到以"空间性"来分析事物上来，"空间理论"为我们解读当代诗歌、检阅当代诗坛提供了一个新的视角。

在空间理论的视野下，厚重而又缤纷的文化根系催生了多元的地域空间。"（地域）即遗留异域色彩与保留独特文化气质的属地。"① 正因为地域诗歌挟带着浓郁的地域文化色彩，间接地向读者们描绘出地域内蕴鲜见的一面，所以地域诗歌不仅是诗人们才华的挥洒，更是引起大众共鸣的绝妙介质。诗人们不仅可以通过外在空间获取更多的写作素材和写作灵感，还因此拓展、深化了内在的心灵空间，一方面促使地域诗歌蓬勃发展起来，另一方面也让诗人们所在的地理空间因为地域诗歌的发展、地域归属感加深而变得更广为人知。

第四节　当代诗歌传播空间的开拓

——以广东"诗歌选本"为例

新世纪十多年间，广东新诗选本数量众多，成就突出，营造了丰富的审美意象，广泛地传播着新诗创作中的优秀作品，同时完善并建构了民间诗歌、打工诗歌和完整性写作等诗学理论。在当代日益庸俗化、世俗化的生活浪潮中，一群诗人坚守诗歌阵地，孤独而崇高，他们编选的广东诗歌选本，提供了新的文学传播方式，为当代中国诗歌的发展做出了较大的贡献。

进入新世纪以后，当代诗歌的存在形态和传播空间发生了裂变、转移和拓展，传统的诗歌载体和传播空间发生了明显的压缩和窄化。在广东发达的社会经济、传媒环境、网络交流中，新的诗歌空间又被创造出来，这包括了诗歌民刊、诗集、诗歌论坛、诗歌选本等途径。其中，诗歌选本既作为一种诗歌的存在载体，也作为一种有效的传播途径，具有核心价值和

---

① 倪秀维."地域诗歌"的诉求与守望 [J]. 凉山文学, 2009 (2).

意义。因此，从诗歌选本的角度进入广东诗歌研究，能从理论上更好地把握传媒时代、消费时代诗歌的生命历程，对这种文体在新世纪特殊的存在态势给予充分的关注和科学的回答。同时，从文学选本的角度进行研究，也有助于更新广东诗歌的研究方法，拓宽广东诗歌的研究空间，推动广东诗歌在学术理论层面的影响。

诗歌选本在20世纪中国文学史上的作用本来就相当重要，但是它作为诗歌载体，是和一般性的诗歌杂志、报纸副刊等并列存在的。1998年，以《中国新诗年鉴》的出版、"民间诗歌"口号的提出为标志，广东诗歌新旧传播空间进行了一番更替，这种更替，表现在诗歌文体、诗歌精神、诗歌媒介的种种方面的新变，并且主要是以个人诗选、地方诗选、主题诗选、诗歌年鉴等诗歌选本肩负着的。因此，新世纪伊始，诗歌选本成为广东诗歌的最重要、最有影响力的诗歌载体和传播途径。

一、诗歌选本与传播媒介

1979年以来，作为改革的前沿阵地，广东是中国最发达也最为商品化的地区之一。灯红酒绿的世俗生活消解了高雅和庄严，也消融了文艺的"革命""宏大叙事"和"阅读治疗"等主题，广东文学并未取得和它的经济成就一样的辉煌业绩，反而在20世纪八九十年代早于全国其他地区陷入了"文学边缘化"的低谷。一大批作家出走，转战商海，成为"先富起来"的一群人；一些诗人在摆地摊叫卖走私港货，艰难营生；一份份文学刊物停刊或转型，文学创作凋零，只有一些在内容和形式两方面都浅薄而价值不高的"打工文学"聊充门面，文学的独立性和尊严遭到践踏。

然而，广东文学也有它坚守诗学传统、高扬自由和人文精神的一面。它在世俗中仰望星空，在低潮中孤独奋发，在诗歌和散文创作中都取得了全国性的声望和认同。特别是广东诗歌创作，经历了1990—1997年的创伤性低潮期，走向了1998年并延续到新世纪十余年来的高潮期，新人新作层出不穷，成为全国三大诗歌重镇之一。

十多年来传统文学尤其是新诗传播空间在商业化、消费化的环境中逐渐发生变化，民刊、选本、诗集、论坛这些新的传播空间在诗歌繁荣过程中产生的作用不可低估。

第一，新世纪广东杂志、报纸中的新诗选本及其传播。广东传统的文学传播空间包括老牌文学杂志《花城》《作品》《羊城晚报》"花地"副刊、《南方日报》副刊以及各市县级报纸副刊。进入新世纪，这些杂志、报纸已经完成了市场转型，它们提供给文学、特别是诗歌的空间严重缩小。传统传播空间对诗歌的态度发生变化，诗人们需要探索新的商业化语境下诗歌的存在和发展。

第二，新世纪广东个人诗选及其传播。在20世纪90年代出版社改革之前，诗集的出版审查极其严苛，出版较难。而在新世纪，自费出版个人或集体诗集成为一种潮流，诗集的出版数量激增，其中优秀者如黄礼孩《一个人的好天气》、东荡子《王冠》等。诗集出版方式的变化给诗歌生产带来了深刻的内在影响，促进诗歌发展的同时也带来一些负面影响。

第三，新世纪广东诗歌民刊诗选及其传播。考察新世纪广东诗歌，民刊是其中最重要的维度之一。过去的十余年，广东出现了数量较多、质量较高的诗歌民刊。其中独领风骚者当属黄礼孩主编的《诗歌与人》。其他的如《大象诗志》《九月诗刊》《翼》《蓝鲨》等刊物也都制作精良、内容丰富。此外，省内各所高校的文学社团，如华南师范大学海碰子文学社及其社刊等，也值得引起关注。

第四，新世纪广东主题诗歌选本及其传播。选本也是一种重要的传播和批评方式，选本的对象、编排、策划、导言等环节无不投射着编选者的审美趣味以及诗学建构的意图。广东诗坛选本主要包括四种类型：（1）以年份为主题的全国范围的诗歌选本，如杨克主编的《中国新诗年鉴》、王光明主编的《中国诗歌年选》等；（2）以特殊内容为主题广东青年诗人诗选，如黄礼孩主编的《出生地》《异乡人》等;(3)以"地方诗群"为主题的诗选,如《深圳30年诗歌选》《阳江青年诗选》《韩师诗歌十五年》等;(4)以诗歌理论为主题的诗选,把诗选和诗评合为一部作品,如《完整性写作》《承担之镜:东莞青年诗人散论》等。这四种类型的选本,对于繁荣广东诗坛、建构民间诗歌部落具有重要的价值和凝聚力,值得认真研究。

第五,新世纪广东诗歌论坛选本及其传播。2003年前后,网络上诗歌论坛大量涌现。包括"诗江湖"论坛、一刀文学网、露天吧、"诗生活"等具有重大影响的论坛改变了诗歌传播的空间和生态。其中,全国规模最大、阵容最强的诗歌网站"诗生活",不仅在网络上具有重要影响,也在当代诗坛具有重要的号召力,并出版了一系列重要的诗歌选本,如莱耳在深圳主编的《诗生活年选》等。网站、论坛等新传播空间给诗歌带来了重要改变,尤其是诗歌欣赏和批评的快速反应方面。诗歌的内在诗质因为网络论坛而有了新的建构。以广东诗人创办的几个诗歌网站、论坛为焦点,可以分析网络论坛与诗歌的内在关系,以及网络时代中国文学发展的趋向之一。

新世纪以来的十多年间,广东诗歌选本的传播空间的重新建立,既是诗歌阵地必然与偶然的历史替代,也是"诗歌生活化"的必然趋势。一方面,新世纪以来广东新诗的成就已经获得了国内外学术界的充分肯定,一批诗人如世宾、黄礼孩、郑小琼、黄昏、东荡子等声名鹊起,一批诗歌选本和《诗歌与人》《九月诗刊》等诗歌刊物具有全国性影响;另一方面,广东诗歌的突出成就,是和其崭新的传播空间分不开的。新的传播空间,让优秀诗人及其作品得到展示和肯定,同时也加强了诗歌交流,为更大范围的诗歌传播和交流、更优秀作品的生产提供了经济、思想等方面的便利条件。在广东诗歌的新世纪历程中,大众传媒、出版社、网络等渠道对于诗歌的发展功不可没,民刊、诗选、论坛等传播媒介起到了关键性的推动作用。

二、诗歌选本与诗艺创新

在以诗歌选本为主要媒介的诗歌传播空间中,诗歌的艺术成就本身担负起了更为核心和更为重要的作用。因为诗歌选本和诗歌艺术价值之间的关系,正是"椟"与"珠"之间的关系。

新世纪广东诗歌选本中所编选的较有价值的诗歌,和古典诗歌与1999年以前的20世纪诗歌相对比,具有一些明显的地域特色和时代特色,主要体现在审美意象的营造、哲理思索的广度和时代气象的抒发等方面。

就审美意象而言,中国古代传统诗歌的意象主要体现在自然意象、社会人文意象两个层面,如风花雪月、梅兰竹菊、小桥流水、扁舟炊烟、孤雁残阳等等。而20世纪中国诗歌的意象,则大致可以分为三个阶段,前三十年诗歌的意象主要有黑夜、死水、雨巷、骄阳、凤凰、乡土、家园等,具有思想启蒙性、政治救亡性的特色;30年代到70年代,则围绕革命、抗日、土地改革、斗争等政治主题建构了一大批革命色彩浓厚的文学意象,如刺刀、子弹、拳头、旗帜、太阳、大河等,几乎没有多少文学审美意味;1979年后,朦胧诗、先锋诗歌、"第三代"等等,则流派纷呈、意象众多,既有源自西方的审美意象的嫁接,也有诗人标新立异的独创,几乎无法一一归类,其中海子的《土地》《麦芒》《亚洲铜》可以聊作80年代自由主义诗歌的代表。

新世纪广东诗歌的审美意象,既承接了20世纪后二十年的诗歌探索,同时也进行了不懈的创新,融入了广阔的时代背景。这种创新性的诗歌写作所营造的意象,具有极其浓郁的地域特色。例如,在《异乡人:广东外省青年诗选》中,不少诗人的笔下都出现了"北回归线""广九铁路""京广线"等意象。如诗人吴波的《紫荆花》,以南国冬日的紫荆花为审美客体，描绘"等待着所有的冬天/为你花开似锦/花落缤纷"① 的艺术图景。此外，"流水线""建筑工地""铁钉""车间""长途客车""广场清洁工"也纷纷成为诗人笔下的宠儿。著名的打工诗人郑小琼《三十七岁的女工》一诗写道："多少树在落叶，多少人在衰老/灯火照耀的星辰，在十月的轰鸣间/听见体内的骨头与脸庞上的年轮/一天，一天，老去/像松散的废旧的机台/在秋天中沉默/……招工栏外，年龄：18～35岁/三十七岁的女工，站在厂门外/抬头见树木，秋天正吹落叶/落叶已让时间锈了，让职业的疾病/麻木的四肢，起伏不定的呼吸……锈了/十几年的时光锈了，剩下……老/落叶一样的老……在秋风中/抖动着。"②

这首诗歌，核心意象是一位"女工"，采用了"树""落叶""星辰""骨头""年轮""机台""秋天""螺丝""铁器""化学剂品""寒夜""招工栏""锈""秋风"等大量寓意残酷悲凉的意象进行烘托，以至于评论者认为："在他们的诗中，生存处处充满了血腥味，生活的十分不公正，打工环境的极端恶劣，打工者被残酷对待、非人性的悲惨遭遇，触目惊心，令人同情愤恨。郑小琼们极端化的表现方式，那种强烈的批判性，那种对人性妥协、麻木、助纣为虐的痛恨，那些对工业化进程中伴生的种种社会异化现象的严肃思考，那些深刻的思想，引起文学界的极大关注和评论热潮。"③

在审美意象营造的同时，对于生命、社会的哲理思索，对于时代气象的抒发，也从来没有停止过。诗人坚守内心，拒绝世俗，在形而下的生活中仰望思想的星空，探索"出生地"和"异乡人"的秘密。特别是"异乡人"的形象，被不同的诗人反复书写。诗人陈陟云在《异乡》中写道："是一场梦未曾醒来/还是一出戏未有结局/我在异乡的街头/呼唤着/自己未被

---

① 吴波. 紫荆花 [M] //陈计会. 阳江青年诗选. 北京：中国戏剧出版社，2006：32.
② 方舟. 在路上：东莞青年诗人诗选 [M]. 北京：大众文艺出版社，2009：415.
③ 温远辉. 直击生存与自由超越 [M] //方舟. 承担之镜：东莞青年诗人散论. 北京：大众文艺出版社，2010：2.

呼唤的名字。"① 诗人乔明杰则写道:"我的梦和游/去向不明/我只有更深的/异乡人的疼痛/比大地的裂痕要常/比夜晚的黑更深。"② 对于"异乡人"的思考,其实就是对于当代中国自我身份的认同焦虑,对于生命向度的困惑。这种焦虑和无助,是当下的一种社会情绪的诗性观照,也是新世纪最难纾解的人文困境之一。在对"异乡人"身份的逼近和确认中,另一批本土青年诗人,则开启了他们对"精神出生地"的探寻。

学者谢有顺指出:"以'出生地'来为一个写作群体命名,似乎向我们重申了一个写作的真理:一个诗人,如果没有灵魂扎根的地方,没有精神的来源地,是很难写出好作品来的;我们需要张扬一种使灵魂扎根的写作,一种有根、有精神来源的写作,这样的写作,使我们读了一首诗之后,会知道它是从哪里来的,也知道诗人的这种感受是从哪里来的,这比书斋里的苍白想象要有力得多……尽管'出生地'的命名,更多的是一个精神概念,并非地方主义的标签,但通过它重申一种让灵魂扎根、人心落实的写作品质,在当下这个浮躁、挂空的时代,有着特殊的意义。文学是有出生地的,诗人是要追问自己的精神来源的。"③ 越来越多的地方诗群的出现,正是诗人对自身"精神出生地"的重视。

三、诗歌选本与理论建构

广东诗歌的繁荣,是新世纪广东文学的一个重要现象,也是新世纪汉语诗歌的一个重要阵地。从理论上看,广东诗歌也日益成为中国当代文学中一个重要的研究领域,越来越多的学者、评论家肯定了广东新诗的地位。国内诗歌界对新世纪广东诗歌的关注和研究,主要集中在对重要的诗人、诗作的评论上,被关注较多的诗人包括郑小琼、黄礼孩、东荡子、卢卫平、

---

① 黄礼孩. 出生地:广东本土青年诗选 [M]. 广州:花城出版社,2006:120.
② 余丛. 黄金在天上舞蹈:中山先锋诗十四家 [M]. 广州:花城出版社,2009:211.
③ 黄礼孩. 出生地:广东本土青年诗选 [M]. 广州:花城出版社,2006:6.

世宾、黄金明等人;被关注得最多的现象是"打工诗歌""底层诗歌"写作,综合来看,新世纪十余年间,广东新诗的理论建构主要沿着以下三个方向进行了扎实而深入的探索。

第一,"民间诗歌"理论的提出和传播。这既是新世纪广东诗歌选本的风向标,也是当代诗歌的一种精神指引。20世纪末,鉴于对"知识分子写作"的不满,也源于"摆脱海子的荼毒"(沈浩波语),杨克主编了《1998中国新诗年鉴》,在编选了一批杰出诗作之后,他们公开提出了"民间诗歌"的概念:"诗歌在民间,或者说好诗在民间。本世纪最后一年在中国南方出版的这部年鉴,仅仅是要表明,所谓'好诗'的民间标准。好诗在民间,这是当代诗歌的一个不争的事实,也是汉语诗歌的一个伟大的传统。民间的意思就是一种独立的品质。"① 新世纪以来的十余年间,以杨克、于坚、黄礼孩等人为中心的民间诗歌立场,不仅得到了众多诗人的认同和传递,也得到了一大批优秀诗歌的无声拥护。在当代诗坛,民间诗歌写作的勃兴,诗歌民刊的满园春色,以及大量诗歌选本的涌现,"民间诗歌"理论及其运动功不可没。

当然,坚持民间诗歌立场,也绝不等同于沈浩波等人提出的"下半身写作"、徐乡愁和皮旦等人提出的"垃圾诗派"等创作主旨。尽管这两派诗歌在广东影响不大,但是必须警惕,"民间诗歌"不等于品质低下、词语猥亵、内容淫秽的诗歌,也不是如某些诗人所倡导的"崇下""糟蹋自己"的诗歌。诗歌必须有自己的伦理底线、审美取向和社会责任感,以"民间"的名义完全取消诗歌的严肃性、审美性和价值意义是一种虚无主义的表现。

"民间诗歌"的探索最近几年来更多地落实在"出生地"和"异乡人"的诗性探索层面,诗人们用诗歌呈现了当代人在精神家园方面的迷惘和追求,这既是一个"民间"的问题,也是一个具有重大人文价值的社会问题。

---

① 于坚. 穿越汉语的诗歌之光 [M] //杨克. 1998 中国新诗年鉴. 广州:花城出版社,1999:6.

提出这一问题的诗人黄礼孩认为:"出生地给一个写作的人提供了明显的背景——重返大地。重返大地是为了现代人展示在空中的根找到原来属于自己的土地。它给了我们在疲惫中的安顿、灵性的滋养、人性的光辉和对世界的又一次出发的激情。在省略了身份,省略了祖籍,省略了故乡的今天,在身心日渐凋落的时候,在你无法把身体安放在哪里时,回到出生地寻找真诚与勇敢,责任心与正义感,寻找适合自己进入和表达的地方,寻找更自由的呼吸和从容,观照自身的美和生机,肯定是写作上的一次再启程……我们相信世界的美从来就没有停歇过,从来就有一种美的力量在人心中前行,是美让我们自由地行走在出生地的路上。我们在持续地写作,诗歌不在别处,诗歌是出生地给我们的恩赐,诗歌是我们不离不弃的美神。"① 谢有顺也认为:"每一个诗人身上,都兼具'出生地'和'异乡人'这两个心灵标记。写作既是精神的远游,也是灵魂的回家。你在故乡的根须扎得越深,你的心就越能伸展到远方。你走得越远,回家的渴望就会越强烈。因此,诗人都有两个家,一个家在故乡,叫'出生地',一个家在心里,叫'异乡',诗人的写作,是在这两个家之间的奔跑和追索。不可能离开,也不可能回去。你此刻在家就永远在家,你此刻孤独就永远孤独。诗歌是不知道的,在路上的。"②

第二,"打工诗歌"的创作实践和理论主张,传递了别样的诗学观念,在客观上也促成了一种诗歌传播途径的产生。

"打工诗歌"是指以打工生涯为写作对象和抒情内容的一种诗歌类型,典型代表是东莞诗群中的方舟和郑小琼,也包括以"打工文学"成名的佛山诗人周崇贤等。一开始,许多诗人是不接受"打工诗人"的标签的,"因为社会的原因,特殊历史状况的原因,'打工'一词是有羞辱意味的,带有

---

① 黄礼孩. 诗歌是出生地给我们的恩赐 [M] //黄礼孩. 出生地:广东本土青年诗选. 广州:花城出版社,2006:257.
② 黄礼孩. 异乡人:广东外省青年诗选 [M]. 广州:花城出版社,2007:8.

不情愿、无奈、不平等、被压榨、学历层次被蔑视的意思"①。然而，从另外一个角度说，"郑小琼的在诗歌上获得声名，我想，也并不是因她写了打工生活，或外在的打工者的身份与经历，而恰恰是她创作出了充满美学元素的诗文本"②。可见，"打工诗歌"有其现实存在的基础，在东莞诗群、深圳诗群或者佛山诗群那里随处可见。"打工诗歌"有着抒发乡愁、批判现实的一面，如郑小琼《魏国记》："将你焖在高速发展的汤中/经济学家如此说/用牺牲一代少女来带动 GDP"；同时，它还具备了超越现实，指向生命终极意义的审美价值："当无数人陶醉在中国城市化的成功喜悦之时，冬妮他们已经将批判的刀刃指向这个时代，指向他们自己。'鸟往高处飞呀飞呀/鸟所能到达的地方总是低处'（《鸟往高处飞》），城市和流水线并不是他们的最终目的，也许只是他们出发时的一座海市蜃楼。现在，他们在经历了物质和肉体的炼狱之后，寻找心灵的居所，那精神的栖息之地，精神的炼狱才可能真正开始。'陶罐陷入绝境/我要重建内心的秩序'（《三角洲》），正是在这一意义上，冬妮的诗歌显示了打工者不同寻常的终极追求。"③

第三，"完整性写作"写作概念的提出，标志着广东本土诗歌理论建构的成熟。2003 年，广州诗人世宾首先提出"完整性写作"这个诗学概念，后由黄礼孩主编的《诗歌与人》刊物以两个专辑《诗歌与人：完整性写作》（2003）和《梦想及其通知的世界——"完整性写作"的诗学原理》（2005）的形式推出，最终促成了它的确立。

"完整性写作"并不是从诗歌写作的技巧或形式出发，而是要在诗歌创作中将人自身的完整性呈现出来，也将世界作为一个完美的整体来审视。

---

① 温远辉. 直击生存与自由超越 [M]//方舟. 承担之镜：东莞青年诗人散论. 北京：大众文艺出版社，2010：2.
② 柳宗宣. 面对诗歌本身 [M]//方舟. 在路上：东莞青年诗人诗选. 北京：大众文艺出版社，2009：5.
③ 李训喜. 打工之旅的体验与升华：谈柳冬妩的打工诗 [M]//方舟. 承担之镜：东莞青年诗人散论. 北京：大众文艺出版社，2010：230.

"完整性写作"的"唯一目的就是使人重回人性的大地,使人类坚定而美好地活着。在当下,它的首要任务就是对创伤性生活的修复,使具有普遍性的良知、尊严、爱和存在感长驻于个体心灵之中,并以此抵抗物化、符号化和无节制的欲望化对人的侵蚀,无畏地面对当前我们生存其中的世界,通过对现实的评判而抵达人的完整,以人的完整照亮现实的实存。"① 因而,"作为一种走向完整的诗学"(明飞龙语),它事实上"不是一种技巧诗学,而是一种生命诗学。这是一个不解决具体写作技巧问题的诗学……与其说它是一部写作纲领,不如说它是诗人对当代心灵命运的认知和觉悟"②。为此,许多诗人推崇"完整性写作",认为这是"破碎时代里的诗学宣言"(李霞语),能够"恢复诗歌的精神重量"(谢有顺语),同时也是"离尘土最近的伦理"(孙文语)。2011年底,"完整性写作"的诗学实践结出了硕果,一套《完整性写作》分为上卷《诗歌集》和下卷《文论集》出版了。

"完整性写作"的诗学概念,也引发了一些不同的意见。批评者有之,赞赏者也不在少数。其中,著名学者、诗歌理论家耿占春教授的意见可作代表:"在这个'破碎的时代',世宾在他的文章和著述中强调'完整性写作'。在此意义上,他是一个与时尚思潮相向而行的诗人……如果从诗学的层面看,世宾的'完整性写作'的诗学理论还有一些未尽如人意之处,他在书中涉及问题的方式有嫌宽泛,许多并非一个层面的问题被并列在一起谈论而不是将它们置入诗学层面深入其思想的内在逻辑。"③

总而言之,新世纪十多年来,广东新诗选本承担起了诗歌传播的重任,不仅传播优秀的诗歌作品,也传播诗歌理念和诗歌精神,为当代中国新诗

---

① 世宾."完整性写作"的唯一目的和八个原则[M]//世宾,陈培浩.完整性写作:下卷.西宁:青海人民出版社,2011:159.

② 陈培浩.完整性写作:为梦想招魂[M]//世宾,陈培浩.完整性写作:下卷.西宁:青海人民出版社,2011:23.

③ 耿占春.向世界说出自己内心的喜悦、忧伤和愤怒[M]//世宾,陈培浩.完整性写作:下卷.西宁:青海人民出版社,2011:4.

的发展做出了重大的贡献。在这样一个商品经济的时代，许多人的日常关键词只有住房、医疗、加班等，庸碌而卑微地活着。但是，也有一些人，默默地为诗歌努力着，创作并编选出一本本厚重的诗歌选本。谢有顺认为："惟独诗歌，一直保持着边缘和独立的状态。没有市场，没有版税回报，没有文学权力的青睐……我见过很多的诗人，他们大多以人生作文，以性情立世，热爱写作，尊重汉语，对诗歌本身怀着深切的感情，即便遭到旁人奚落，内心也不为所动，常为自己能觅得一句好诗喝酒、流泪。在这样的时代，还有这么多贵重的诗心活跃在生活的各个角落，确实令人感动。"[①]的确，秉持着这种感动，新世纪广东新诗的创作越来越兴盛，优秀的诗选和民刊也不断涌现，新的诗歌传播空间继续得到拓展。新世纪广东诗选的传播，昭示着传统文体在新的传播空间中的或衰落或兴起的命运，也让我们更加关注文化转型时期的文学与当代通信、网络新科技之间史无前例的密切关系。

---

① 黄礼孩. 异乡人：广东外省青年诗选 [M]. 广州：花城出版社，2007：1.

第五章

文体空间的诗性场域

本章所讨论的"诗性地域",主要集中在"个体空间"与"公共空间"的冲突与融合上,更多的是指诗人在创作过程中,对自身与诗歌、诗人与社会之间的关系进行思考后而构建出来的使命、责任、存在之空间。诗人从个体出发思考自身的独立性与尊严,思考自身在社会变化、革命战争、民族救亡中的历史性责任与义务,由此促成了现当代诗学的"空间演化"。

第一节 现代汉诗"个体空间"的"在场"

从空间的维度来看,现代汉诗与古典诗歌的最大区别在于"个体空间"的突破和呈现。这一突破的内在动因,是20世纪初"自我"的发现及"个性主义"的张扬。这一点在创造社诗人群体的诗歌创作上得到了鲜明的体现。郭沫若在《文学革命之回顾》一文中,称"创造社这个团体一般是称为异军突起的",并将创造社的文学运动称为文学革命的"第二个阶段"。

这种自我定位，一方面是"因为这个团体初期的主要分子如郭、郁、成、张对于《新青年》时代的文学革命运动都不曾直接参加，和那时代的一批启蒙家如陈、胡、刘、钱、周，都没有师生或朋友的关系。"（引文中郭、郁、成、张分别指郭沫若、郁达夫、成仿吾、张资平）另一方面，则是在郭沫若等人看来，"前一期的陈、胡、刘、钱、周着重在向旧文学的攻击；这一期的郭、郁、成，却着重在向新文学的建设。他们以'创造'为标语，便可以知道他们的运动的精神。"①（引文中陈、胡、刘、钱、周分别指陈独秀、胡适、刘大白、钱玄同、周作人）郭沫若的这番"价值评估"，有意廓清创造社在新文坛的地位和突出之处，既表露出骄傲和自豪，又难以掩盖地流露出对新文学运动前驱者的"启蒙家"身份的不满。所以，"创造社同仁处在'五四'这么一个新旧交替的伟大历史时期，一个个性解放的新的进步的历史时代，反帝反封建的主题在文学上的折射就是使'自我表现'成为最能适应当时社会心理发展需求的口号之一，于是，以成仿吾的评论、郭沫若的新诗、郁达夫的小说为代表，使得人的个性达到一个空前的凸现与张扬"②。

创造社的这种自我定位，也是一种"自我求证"："人生自我求证这种'集体无意识'意象始源于人类主体的一种原始心理结构、思维意识，是人类在与自然争斗中渐次形成的一种强烈寻求个体自我的心理、愿望和努力的意向，它体现为对自我人格、主体意识的高扬。作为一种原型结构，它鲜活地保存在不同国家民族的文化生活中，贯穿于不同国别的文学传统中。不同的社会生活、时代、环境会有不同的人生自我求证方式，就会演绎出一系列求证故事。但自我求证作为一种模式（母题）有其相似点……这一模式作为制约作品深层审美力量的潜结构，制约作品的审美张力，为作品

---

① 麦克昂（郭沫若）.文学革命之回顾[M]//饶鸿竞，陈颂声，李伟江，等.创造社资料.福州：福建人民出版社，1985：659.
② 田承顺.追求更深广更多维的社会意义：论创造社前期文艺思想的基本特征[J].吕梁高等专科学校学报，2000（3）.

潜在价值的重建和读者创造性鉴赏提供了期待视域。"① 当胡适以"工具革命"实现了新诗语言符号形式的更替后，新诗的发展就表现为对新的时代精神和新的表现方式的寻求，以此确立新诗的合法性地位，拓展新诗的领域。在这个时候，以郭沫若为代表的创造社群体，摆脱了初期白话诗在"新/旧"层面的纠缠，以一个崭新的"自我"形象，将新诗的"革命"工具推进到精神层面和美学层面，在批判与抒情的互动中为新诗打开了一个新局面。创造社诗歌革命的内涵，首先就取决于他们的文化心态和潜在的文学追求。

"自我"的发生，是诗人个性与个人主义的觉醒和宣言。创造社作家在异域文化中形成和培养起来的边缘心态和纯文学追求最终都落实到他们对个性主义的狂热推崇上。

个性主义在五四时期的中国土地上生根发芽、茁壮成长，并深刻地影响着20世纪现代汉诗的创作，是有其深刻的历史文化背景的。

鸦片战争的失败，震撼了中国知识分子的心灵，迫使他们不得不抛弃陈腐观念，从现实出发，放眼看世界。魏源一方面看到了外国军工器物的强大以及国内盲目自大的心态，认为中华民族求生存的首要任务在于"去伪、去饰、去畏难、去养痈、去营窟"，从而更正对内和对外的理解；另一方面提出虚心学习西方文化与科技，"师夷长技以制夷"，依靠西方物质文明使中国走上富强的道路。19世纪中叶以后，以曾国藩、左宗棠、李鸿章等人为首的洋务派，掀起洋务运动，主张"中学为体，西学为用"，重新确立以儒家精神为主体的传统文化定位，并合理吸收西方文化，实现中华民族的自立自强。郑观应从"体用一源"的思想出发，介绍西方民主制度以及自由平等之思想，以"立人"为出发点，确立"人"的本体地位。中法战争和中日战争以后，严复、康有为、梁启超、谭嗣同等人在此基础上，

---

① 范玉刚. 文学中自我求证模式的文化阐释 [J]. 渭南师范学院学报, 1998 (4).

急切要求冲破"中西体用"的藩篱,而主张取西方思想、制度以重建中国文化。严复认为,要建立一种有益于国计民生的学说,抛弃包括程朱理学、陆王心学以及乾嘉朴学在内的儒家传统,代之以彻底的西方文明。及至辛亥革命失败,中国知识分子经过沉痛的思考,将中国不能建立民主共和制的矛头直指国民素质太差,认为若要改变中国积贫积弱之现状,必须从改造人心、开启民智、重铸民魂入手。

在文学上,早在五四之前,文学按照自身的发展规律已经显示出这种内在变革的趋向。前捷克斯洛伐克汉学家普实克将主观主义和个人主义的发展视为中国现代文学的一条脉络,在论及晚清小说时曾说:"如果说革命时代的文学反映的是中国人民对旧的封建制度的反抗,那我们必须承认,我们在清代文学中发现的类似倾向则是封建制度行将产生危机的第一个先兆,我们在其中发现的主观主义和个人主义证明了个人从传统思维方式中得到了一定程度的解放,它们也是表明封建制度强加于个人的束缚已经松弛的一个标志。它们预示着,个人开始使自己从过去所有的清规戒律中解放出来——至少是在思想上解放出来。"① 五四前期的个性主义萌芽使文学逐渐洗脱理学气与八股味,但却未能成熟地确立个性意识。在西学东渐之风气下,一批有识之士主要从"坚兵利甲""格致实学"方面探讨救国方略,而甚少将目光投向思想文化与文学。后来的维新派与革命派理解到这一点的重要性,于是提出"文学新民""文学救国"的口号,但也只是希望文学成为一种服务于经济、政治的手段,事实上未跳出功利实用的圈子,更难以体现成熟的个性主义。

自五四以来,要求个性解放的呼声在胡适、鲁迅、周作人、陈独秀等人的论述中逐渐高涨:早在1915年,陈独秀就在《东西民族根本思想之差异》中指出西洋民族是以"个人"为本位,东洋民族是以"家族"为本位

---

① 普实克.中国现代文学中的主观主义和个人主义[M]//普实克.普实克中国现代文学论文集.李燕乔,等译.长沙:湖南文艺出版社,1987:29.

的；提出要打破东洋民族的宗法制度，实现个人的自由权利与幸福，只有弘扬"纯粹个人主义之大精神"，只有"以个人本位主义，易家族本位主义"。鲁迅在《摩罗诗力说》中提出要"任个人而排众数"，胡适提倡"健全的个人主义"，周作人亦提出"个人主义的人间本位主义"。新文化运动的开创者对于个性主义、个人解放这一重大主题的呼求和期待是十分迫切的。

五四时期个性主义、个人解放的主题表现出与传统文化和西方思潮明显不同，确立了它相对独立的文化品质。

从传统文化方面看，"五四"时期的个性独立不同于我国古代由来已久的个性独立。在中国，个性的追求由来已久，如老庄哲学中对"域中三大"的"人"给予了相当的重视，认为人应该抛弃欲念与智慧，高扬人的自由本质。但老庄哲学中的"人"的意义与先秦诸子哲学大同小异，仍然是"大写的人"，对个体的人性自由未有深入了解。及至魏晋时期，随着文学史上"人的发现"，关于自我意识与自我本体的思考出现了一个前所未有的高峰，如阮籍的"使气以命诗"、嵇康的"师心以遣论"等命题，都从个体自我出发，渴望自我与宇宙本体融合为一，以一种非主体化、非意志化的方式，达到内在的和谐与宁静。明清时期，陆王心学、李贽"人欲"以及龚自珍提出的"众人之宰""自名曰我"等论题，都在很大程度上肯定了人的需求、情欲和愿望，反对封建伦理对个性的约束。但是，总的来说，传统文化对个性的要求，主要是以健全的人格、独立的心灵去反抗外部世界的压迫与束缚，摆脱封建礼教的奴役，强调个人对道德本性与自由本性的自觉，而缺乏对"自我"作为独立价值的承认。

从西方思潮方面看，19世纪，西方世界正遭受着传统人生意义的解体。两次世界大战彰显着混乱与无序，"上帝已死"给西方传统价值体系以毁灭性的一击。悲观、虚无、绝望的阴霾笼罩着整个西方世界。在这个主旋律下，西方思潮的个性主义更强调以存在来体味非存在的力量，死亡与毁灭被提举成为人的归宿。当这种个性主义传入中国时,中国文化界由于现实背景与西方大相径庭,并没有像西方那样暴发瘟疫性的"世纪末情绪",而只是将其理解为对社会体制、传统道德、人心本性不能良性发展的嗟叹。

中国现代文学正是在这种个性主义的基础上发生的。在随后成立的新文学社团"文学研究会"和"创造社"诸作家当中,个性主义扮演了重要的角色。茅盾说:"人的发现,即发展个性,即个人主义,成为'五四'时期新文学运动的主要目标。"① 郁达夫也指出,五四思想革命的意义在于"个人"的发现:"从前的人,是为君而存在,为道而存在,为父母而存在,现在的人才晓得为自我而存在了。"② 他们都将"人的发现""个性""个人主义"作为新文学运动的主要目标。而他们的文学创作,则成为"人的解放"的时代潮流的投影。在"自我""个性主义"的驱动下,现代汉诗的"个体空间"第一次获得了实质性的突破。

第二节 现代汉诗"公共空间"的责任和使命

晚清时期内忧外患的政治环境,迫使中国社会面临彻底的变革,这种变革不仅改变了传统的典章制度,也改变了我们承载文化记忆的语言习惯。而"诗文"与这种变革微妙复杂的对话关系,莫过于主与仆、被迫承受与主动追求的互动相生:一方面是帝国主义的侵害逼着我们进入现代化的文学叙事模式,另一方面则是读者对中国传统文学文化制度早已有反抗之心。

面对中国诗歌实现破与立、新与旧、创新与因循、自由与秩序等本体要求,一批具有先进意识的知识分子经过一系列探索,使中国人的精神生活和文化传统、文学实践开始得以现代性展现。此时的文学变革对于现代

---

① 茅盾. 关于"创作"[J]. 北斗(创刊号),1931,1(1).
② 郁达夫. 导言[M]//中国新文学大系·散文二集. 影印版. 上海:上海文艺出版社,2001.

汉诗而言，通过对白话这一全新的、充满生命力的媒介的探索和实验，树立起一整套包括词汇、语法、体式、意象，乃至新的诗学观念在内的现代诗歌范式。

1915年，陈独秀在其主编的《新青年》刊载《敬告青年》一文，提倡"民主"与"科学"，批判守旧落后的中国文化。

1919年，新文化运动爆发。新文化运动是20世纪中国文化界受过西方教育的"新知识阶层"发起的一次革新运动。

自此，现代诗歌开始了新的话语转型：一为话语形式，由律诗（文言诗）转变为散文诗（白话诗），而有关新诗的理论文章，则从各个角度论证叶韵、平仄、格律的"可无"，强调"真情实感"在诗歌中的重要性；二为表现特征，从传统的"文以载道"转变为"个性表现"，精雕细琢转变为随兴口占；三为文学功能，强调情感表现和思想表达；四是文化品质，表现为"从雅到俗"的转变。胡适的《尝试集》，郭沫若的《女神》，俞平伯的《冬夜》，汪静之、冯雪峰、潘漠华、应修人的《湖畔》诗集的出版发行，彰显了新诗本体空间的解放，但并未向公共空间"敞开"。现代汉诗对"公共空间"的拓展，与现代汉语背后的政治空间有所交融，也有所冲突。20世纪20年代"普罗诗歌"的出现，正是"个体空间"向"公共空间"过渡的一次文本实践。

普罗诗歌是20世纪20年代革命文学的一个重要组成部分。普罗诗歌的出现，体现了创造社作家完全抛弃了前期的艺术主张，在文学的表现对象、创作主体、态度和风格上发生了重大的转折。这一时期的创造社，以《文化批判》的创刊，"自行划开了一个时代"，进入了对"革命文学"特别是"普罗文学"的大力倡导，展开了一种全新的文化想象，并由此带来了诗歌创作风格的重大转变。其中最基本的，就是否定文学的个性，强调文学的"普罗列塔利亚"的阶级性。其中，郭沫若的创作和立场，展示了普罗诗歌的创作成就及其艺术局限。

一、郭沫若的"普罗诗歌"创作

自从 1924 年一些进步文人和早期共产党人,如邓中夏、萧楚女等,在文坛提出"革命文学"以来,"革命诗歌"的创作就被一些诗人自觉地实践着。邓中夏在《新诗人的棒喝》中,明确提出反对"不研究正经学问不注意社会问题,而专门做新诗的风气"①。但是,从诗坛实际的创作情况来看,1927 年前,真正自觉地从事"革命诗歌"写作的并不多。1927 年"四一二"反革命政变后,革命转入低潮,却刺激了"革命诗歌"的创作。在无产阶级革命文学理论的倡导下,无产阶级革命文学的创作开始形成一股波澜壮阔的潮流,"普罗诗派"也逐渐形成。创造社后期的刊物《文化批判》《流沙》《畸形》等,就刊登了不少"普罗诗歌"。郭沫若、蒋光慈作为较早提倡"革命文学"的代表作家,在创作上也有具体的表现;冯乃超和王独清这两位中期的"象征派"诗人,在这个时期也创作出了典型的"革命诗歌",实现了诗歌风格的彻底转变;而创造社更年轻一代的作家,如黄药眠、龚冰庐、邱韵铎等,则在诗歌的技巧和形式方面做出了一定的探索。

郭沫若在五四退潮以后,诗歌创作就开始转向,他对"普罗诗歌"的实践、探索,集中体现在《前茅》和《恢复》两本诗集里面。

《前茅》收集的诗歌,其实是郭沫若创作于 1921—1924 年的诗歌。在《励失业的友人》《朋友们怆聚在囚牢里》《怆恼的葡萄》《我们在赤光之中相见》等诗里,他痛斥了政客、军阀、官僚、国民党人,也歌颂了陈涉、吴广,歌颂了工人的斗争和俄罗斯的无产阶级专政,并且预言了中国大革命高潮的即将到来:"二十世纪的中华民族大革命哟,/快起!起!起!"②

这些诗作最初发表在《创造周报》上,鲜明地折射出郭沫若转型期的

---

① 中夏. 新诗人的棒喝 [J]. 中国青年,1923 (7).
② 郭沫若. 黄河与扬子江对话 [M] //郭沫若著作编辑出版委员会. 郭沫若全集(文学编):第一卷. 北京:人民文学出版社,1982:310.

思想。其中《力的追求者》道出了诗人的心声:"别了,低回的情趣!/别要再来缠绕我白热的心曦!/你个可怜的扑灯蛾,/你当得立地烧死!/别了,虚无的幻美!/别要再来私扣我铁石的心扉!/你个可怜的卖笑娘,/请去嫁给商人去者!/别了,否定的精神!/别了,纤巧的花针!/我要左手拿着《可兰经》,/右手拿着剑刀一柄!"

但是,诗人这个时期对"革命文学"的理解是比较浮泛的,无论在创作上,还是在观念上,都还停留在革命情绪的渲染上,因此这些诗作显得空洞、苍白,缺乏生活实感。《上海的清晨》一诗,可以算是这类诗歌的代表。作者在这首诗中,有意将工人阶级的劳苦与富人阶级的安逸放在一起进行对照,视线已经从《女神》时期关注的大自然和神化故事转向了社会和人生——尤其是转向了"水平线下"的广大民众,流露出一种阶级情怀,但是诗作的感情却显得比较空洞,主人公不用深入广大民众中接受磨炼,只要"赤着脚,蓬着头,叉着我的两手,/在马路旁的树荫下傲慢地行走",就能感受到"赴工的男女工人们分外和我相亲";就能和工人阶级"把伸着的手互相紧握吧",这种乐观的革命情绪的获得显然过于简单,暴露出来的正是诗人生活实感的缺乏。郭沫若在1927年返回上海后,将这些诗歌编辑成《前茅》出版,其中的一些诗句,根据作者已经发生转变的思想做了相应的修改和调整,如《前进曲》,本来是1923年郭沫若为他的孤军派朋友写的,最初载于《孤军》创刊号时,第二节有这样的诗句:"进!进!进!点起赤诚的炬火!鸣起正义的金钲!张起人道的大纛!撑起真理的戈铤!进!进!进!"在诗中他对人的解放、人的尊严的呼声高亢得多,其鼓舞力量的来源之一是人道主义。但到了1928年,郭沫若已清算了他的人道主义,这首诗在编入《前茅》时,也已经被改得面目全非:"前进!前进!前进!点起我们的火炬,鸣起我们的金钲,举起我们的铁槌,撑起我们的红旌,前进！前进！前进！"① 作者在《序诗》中说："这几首诗或许未免粗暴，/ 这可是革命时代的前茅。"

之后，郭沫若又创作了《恢复》，这也是郭沫若世界观发生转变之后的第一部诗集。它是郭沫若经历了北伐战争失败后，从一场严重的伤寒病中死里逃生，大病初愈后创作的。诗人在诗集的第一首诗《恢复》中，唱出了他的革命豪情：

> 但我现在是已经复活了，复活了，
> 复活在这混沌的但有希望的人寰。
> 我实在已超过了不少的死线，
> 我将以天地为椁，人类为棺。
> ……
> 革命家的榜样就在这粗俗的话中，
> 我要保持态度的彻底，意志的通红，
> 我的头颅就算被人锯下又有甚么？
> 世间上决没有两面可套弦的弯弓。②

《恢复》整部诗集以真实的形象，反映了第一次国内革命战争及第二次国内革命战争转变时期我国人民的生活和斗争，力图从中反映出整个大革命时代的精神。诗人对这部诗集是十分重视的，自己也颇为满意。他后来曾在《跨着东海》一文中回忆说："像那样受着诗兴的连续的不断的侵袭，我的平生只有过三次。一次是'五四'前后收在《女神》里面的那些作品的产生，一次是写《瓶》的时候，再一次便是这《恢复》的写出了。但这写《恢复》时比前两次是更加清醒了。"但是，由于诗人注重的是诗歌反映的"革命"内容，对诗歌的美学追求有意地忽视，主张一点也不"修饰"，

---

① 郭沫若. 前进曲 [M] //郭沫若著作编辑出版委员会. 郭沫若全集（文学编）：第一卷. 北京：人民文学出版社，1982：333.
② 郭沫若. 恢复 [M] //郭沫若著作编辑出版委员会. 郭沫若全集（文学编）：第一卷. 北京：人民文学出版社，1982：356.

因此，正如蒲风所评价的，这些诗作"除了多呐喊的个人主义的英雄主义的呼声外，没有充实的内容，也没有深刻的表现"①。诗作虽然有饱满的革命激情，但却不能在形象的创造中给人带来更多的美学的冲击。

从《女神》到《恢复》，郭沫若的诗歌创作典型地体现了创造社由"诗歌革命"到"革命诗歌"的转变。在以诗歌反映革命斗争，推动社会改革的时代要求下，诗歌仓促而急剧地从前期的富于艺术创新色彩的想象的语言，转变到一种"行动的诗"、一种行动的语言，注重的是诗歌为现实"开路"的社会功能，而诗歌在语言和形式上的美学"革命"则悄然后撤了。

二、"普罗诗歌"的创作延续

在郭沫若之后，从创造社作家1927年以后创作的普罗诗歌来看，作品的内容主要表现为两方面：一是侧重于描写严酷的社会现实斗争，二是侧重于鼓荡起无产阶级的革命情绪。

第一种诗歌主要是对当时发生的重大历史事件的记载和再现，如蒋光慈的《血花的爆裂》《血祭》对"五卅"惨案的控诉；周灵均的《渡河》对北伐战争的历史画面的重现；冯宪章的《粗暴的幽静》对广州暴动场面的热情讴歌；还有冯乃超为"五三"济南事件而作的《民众哟！民众！》以及《夺回我们的武器》《流血的纪念日》等，直接记录了大革命的社会现实。这类诗歌作品追求对场景的生动再现，视点下沉，有意加重了叙事的成分，带来了诗歌表现视角的一些变化，拓展了诗歌的表现范围。

第二种诗歌则是直接以呼唤和鼓动无产阶级革命斗争情绪为主导，作者大多数没有什么革命的实际体会，因而只是把自己能够感受到的时代的召唤传达出来。这类诗作，在当时所占的分量很重。《创造月刊》第一卷第11期就发表了一位青年诗人李果青的三首诗：《寄上学的朋友》《小宣言》

---

① 蒲风.五四到现在的中国诗坛鸟瞰[J].诗歌季刊，1934—1935，1（1—2）.

和《给诗人》,赤裸裸地高呼"革命",充斥着粗鲁的标语口号。这些赤裸裸的情绪鼓动诗,虽然有其不可抹杀的现实意义,但是诗作中一般只有泛滥的激情、空洞的抒情,却缺乏应有的思想力度和深度,"它只注重表现、鼓动革命情绪,但忽略了这种情绪赖以产生的社会生活;他只注重表现无产阶级情绪而忽视了对无产阶级实际生活的考察、描写;它只敏感于'大地深处'雷鸣之声,却对这'大地'及其'深处'显得过于闭目塞听"[①]。抽空了艺术价值的革命诗作,显得浮掠浅薄、缺乏根底。

其实,在这样的革命年代,在严峻的社会现实面前,确实有许多生活中的口信需要诗人去传达,但是,一旦违背了艺术的基本原则,这种鼓动不仅不能产生积极的效应,反而可能破坏了真实的革命情绪。叶维廉先生曾经指出这个时期诗作存在的弊端:"兼有革命的浪漫主义的普罗诗人,便又会加上了许多的顿呼。这些诗一般来说,诗质贫乏,第一,是太急于传达批评的信息,第二,故事的叙述的文字并没有超过小说里叙述的文字,因为他们让情绪取代了文字艺术的考虑。"[②]

在后期创造社积极创作"普罗诗歌"的众多诗人当中,冯乃超、王独清、龚冰庐和邱韵铎在诗歌技巧上的探索,颇为值得关注。

曾经创作出朦胧晦涩的《红纱灯》的冯乃超,在参加革命活动之后,诗风发生了根本的转变。过去是梦花月夜、古塔残烛、感伤颓唐,而今是刀枪剑戟、斗志昂扬;过去在艺术上是过分的雕琢以至到了形式主义的地步,现在却主张作诗如写标语口号:"诗人们,/制作你们的诗歌,/一如写我们的口号!/我们的口号:/要把帝国主义打倒!/要把封建制度的遗毒清扫!/要把列强的走狗宰屠!"[③]

不过,应该指出的是,冯乃超后来创作的一些革命诗歌,开始注意通

---

① 朱寿桐.情绪:创造社的诗学宇宙[M].上海:上海文艺出版社,1991:436.
② 叶维廉.中国诗学[M].北京:生活·读书·新知三联书店,1992:221-222.
③ 冯乃超.诗人们:送给时代的诗人[J].文化,1928(5).(《文化》月刊即《文化批判》,因遭到国民党查禁,第5期改为《文化》出版。)

过热烈的呼告语言,将无产阶级的苦闷情绪,处理成对革命情绪和反抗意志的煽动、激励,取得了一定的艺术效果。他后来的一些创作,发挥了诗人前期对语言的把握和选择能力,经常采用一些语感很重的词语,在急速的语句当中传达赤热的情感。如《今日的歌》,诗作体现出比较明显的特征——色彩明朗,感情奔放,强劲有力,气宇轩昂。这在当时的"普罗诗歌"中是值得注意的。

邱韵铎的《低下去!》一诗,通过"合唱"—"独唱"的间隔,用文字和诗形制造出一种高低音相间的效果,以此来突出两个对立阶级的矛盾冲突。与邱韵铎注重探索诗歌的声音效果不同,黄药眠的《五月歌》则在诗行的长短上显示了作者的有益探索。这首长诗诗行长短不一,最长的有二十几个字,最短的只有三个字,作者不是刻意将诗行打乱,而是根据情绪的起伏变动,有意识地将短小的诗行穿插在长诗行中,以此对应变化的感情和思想。在这方面,龚冰庐的《汽笛鸣了》同样体现出难得的探索和试验的价值。此外,王独清反映广州革命的长诗《11Dec.》,有意将诗歌中的字词放大成大小不等的字符,以此引起读者视觉上的注意。虽然这首诗在内容上十分空洞,全诗几乎就是一本标语的大集合,但是作为艺术上的一种尝试,它也留下了一些痕迹。

这个时期以创造社诗人为代表的"普罗诗歌"创作,对诗歌的鼓动性和震撼力的强调,为革命的形势造势不少。但是,为了突出表现阶级性、群体性,诗作中大量充斥着"我们"的群体形象,而对个人的思想,包括诗人自身的情感,则大大忽略了,这样"就必然使诗成为浮泛的时代外观,缺乏艺术的光彩。普罗诗派不少作品都是急就之章,缺乏冷静的观察和艺术的转化,不仅形象性、情感性薄弱,而且艺术性也较差,那就根本谈不上'诗美'了"[1]。

---

[1] 龙泉明. 中国新诗流变论 [M]. 北京: 人民文学出版社, 1999: 190.

总的来说，创造社诗人过分夸大了诗歌的宣传作用，放弃了诗歌艺术的自觉寻求，违背了审美的内在规律，偏离了"诗歌"的轨道。大多数作品不是通过潜移默化去感染读者，给读者以暗示，而是直接取消了诗歌的形象性，用诗歌直接演绎、图解政治，成为政治的传声筒，这就不可避免地造成了概念化、公式化的毛病。诗人重视的是诗歌表现的革命内容而不是艺术形式，重视的是思想意义而不是美学价值，这样，诗歌就走出了诗歌，成为一种行动的语言。诗歌"革命"的内容最终被压缩到了机械反映现实生活的层面，艺术的创新成分大大缩水。"普罗诗歌"的创作弊端反映出来的正是革命时代中的诗人过分倾斜于诗歌的现实功利作用，"使命感"与"审美感"无法调和乃至断裂的结果。

从空间维度而言，"普罗诗歌"是中国新诗人对"公共空间"的一次大胆的"介入"，是现代汉诗走出狭小的"自我"空间、接纳外部现实、与社会积极互动的一次有益的尝试。纵观现代汉诗一百多年的发展，尤其是中华人民共和国成立后现代汉诗"写实化""通俗化"的写作倾向，"文革"期间政治话语对个体话语的全面覆盖，新时期以来"朦胧诗""第三代诗"对个体空间的回归，及新世纪以来"打工诗歌"对新的诗歌表现空间的探索，在某种程度上，正可以说是"个体空间"与"公共空间"不断冲突与融合的过程。

诗歌本质上是一种"想象"的语言，而非"行动"的语言，任何"公共空间"的呈现与介入，最后都应经由诗人的"个体""想象"的空间来完成。如何在"个人"与"公共"、"想象"与"行动"、"虚"与"实"之间保持平衡？迄今为止仍然是现代汉诗的一个症结性难题。

余　论 | ◆

空间的可知与未知

我们生活在经验的世界里,这"经验"存在于现实,也存在于意念空间。所以我们对于过往时空中的事情,有着明确的记忆,但是又有着基于情感、立场、价值观等不同纬度的追忆。空间是可知的,从经验主义看,对于我们过往的生活空间,有许多种办法去保存影像和留下记录;空间又是未知的,不管是过去、现在和未来,我们只生活在狭小的、有限的时空中,同时又被若干"现象"所遮蔽,无法全知全能。

从文学研究的方法论来看,空间作为一个理论的基点和要素,有其必然性和先验性。而空间与文体的结合,则是文艺学与美学、诗学与艺术学的奇妙合体与文化姻缘。

国内目前关于文学研究方法论的著作,主要就现当代文学或 20 世纪中国文学而言,早期的有胡经之、王岳川教授主编的《文艺学美学方法论》[①],

---

① 胡经之. 文艺美学 [M]. 北京:北京大学出版社,1994.

最近的有陈剑晖、宋剑华教授的《20世纪中国文学批评史》①。《文艺学美学方法论》一书共十三章，除"绪论"外，分别介绍了文艺学美学中社会历史、传记、象征、精神分析、原型、符号、形式、新批评、结构、现象学、解释学、接受美学、解构等13种研究方法，对其缘起、理论、基本特征等分别加以介绍，从方法论角度全面切入当代西方文艺学美学，是研究当代西方美学、文艺学的重要成果。从章节的编排和理论的阐述思路来看，大致是按照历史的、历时性的线索去安排全书的整个章节框架的。

《20世纪中国文学批评史》一书，"与以往那种孤立的个体研究及浮泛的现象描述相比较，《批评史》力图建立起20世纪中国文学批评史的宏观体系。全书以政治功利主义批评和人文理性批评为纲展开论述，将晚清至20世纪80年代末近百年的文学批评史，分为'文学社会学批评'、'审美艺术批评'、'人文主义批评'、'心理分析批评'、'文化批评'、'20世纪其他批评模式'六大板块。以综合的眼光去观察、透视批评史上曾经发生的各种批评现象，特别是批评方式的流变"②。而统观全书，其思路已经不再局限于一般性的、教科书式的线性逻辑，而是在很大程度上根据理论本身的空间发展和空间构成，进行横向的、平叙式的章节建构和内容排列。

由此可见，"空间"思维不仅是一种文化学、人类学或生态学的基础性思维，它已经渗透进了人文学科的大部分学科和专业，文学特别是文体学的研究也不例外。不仅文学研究的方式、方法和内容蕴含着"空间批评"的要素，就连文学研究的方法论自身的研究，即以文学批评史为学术研究对象的研究过程都充满着空间思维和空间要素。

"空间批评"作为当代学术和文化发展的一种新颖的理论思维和方法论，其作用是毋庸讳言的。从中国各类文体尤其是诗歌发展史看，不仅古

---

① 陈剑晖，宋剑华. 20世纪中国文学批评史 [M]. 海口：海南出版社，2003.
② 曹亚明. 世纪回眸与"古典"回归：评《20世纪中国文学批评史》[J]. 湖南文理学院学报（社会科学版），2004（6）.

典诗学的研究,还包括 20 世纪中国现代汉诗的研究,都需要以"空间"作为核心理论支点之一。中国古典诗学的"意境说",其内核就是空间性的。现当代诗歌中的空间意识则更为强烈。

因此,空间理论以空间区域(有形和无形)为模块,补充并改变传统上以时间、派别、思潮为轴心的诗歌史研究方式,提供新颖的理论视野和批评方法,更全面、细致地理解汉语诗歌及其文体问题。"空间批评"理论蕴含着哲学思维范式的嬗变与诗歌美学理论概念的焦点转移,为中国诗学特别是当代诗学的文体研究提供了新的观照可能和问题框架。

概言之,当代诗学的"空间批评"理论,是运用空间理论,特别是空间层次、空间逻辑等理论体系,对诗歌文体的题材、主题、语言、风格、意境、意象、哲理等多方面的内容进行横向的、对比性的研究理论体系。"空间批评"理论透过远近、大小、前后、内外、城乡等具有对比性的空间模块,进行深入而细致的文本探索和理论思考,考察当代诗学艺术形象、意象、境界等构成的诗歌审美空间,为文艺作品提供了一个新的理论阐释空间,也为后来的学术研究提供新的角度和思路,是一种全新的中国文学研究理论体系建构。空间诗学的研究重点,一是确立了"空间批评"理论的内容,包括它的内涵、层次、批评方法等;二是应用"空间批评"理论从地域诗歌、诗歌意象、诗歌主题、代表作家、经典作品等方面进行了批评尝试,为中国诗学的研究提供了"空间批评"方法论。

然而,本书还远远没有结束。随着新科技的发展,人类不仅从现实空间走向精神空间、艺术空间,还从现实社会走向了"虚拟社会",即以信息化、网络化、局域化方式构建的"网络社会"。人类的文化空间,在以惊人的速度扩展、拓展、衍生和多元,空间与空间理论也同样如此。网络文学带给传统文学的冲击,不亚于网络社会给现实社会的冲击和改造,甚至在某种程度上说,网络生活、网络社会、网络文学乃至于网络文化,正在"替换"现实生活、现实社会、纸面文学以及传统文化。对此,有人极为担忧，分析它的"社会后果"①；也有人欢呼，以狂欢的心态迎接新的生活空间的到来②；更多的则是平静看待，并积极采取应对之道，如未来学家们③所采取的做法。

　　未来，我们何去何从？我们即将在怎样的一个空间生活？是在现实与虚拟空间同时存在，还是走向未知的空间？这些，既是诗学的问题，也是文化的问题；是时间的问题，更是空间的问题。我们没有答案，但是，我们在路上。

---

①　唐魁玉. 网络化的后果：日常生活与生产实践的变迁［M］. 北京：社会科学文献出版社，2011.（该书从信息网络技术给人类日常生活与生产实践所带来的影响两个维度入手，进行深度的网络社会后果分析。主要涉及：网络传播与生活方式的现代性，网络环境下的家庭生活、权力生活与消费生活、媒介化生活与新型幸福观，虚拟世界的身心问题，网络交流语境中的聊天与恋爱行为，网络技术与文化摩擦，复杂性与数字化和谐社会的建构、虚拟社区的在线和谐，以及信息产业的再生能力的发展和虚拟企业的社会互动机制等。）

②　东方尔. 你在网上吗？：蒙面狂欢的网络虚拟世界［M］. 北京：中国青年出版社，2012.

③　未来学家主要是一群对于网络和未来社会进行预言并采取积极措施的人。参见美国杰伦·拉尼尔的《你不是个玩意儿：这些被互联网奴役的人们》（葛仲君译，中信出版社，2011年版），以及他的《互联网冲击：互联网思维与我们的未来》（李龙泉，祝朝伟译，中信出版社2014年版）。此外，我国学者郑元景也著有《虚拟生存研究》（社会科学文献出版社2012年版）。

参考文献

一、普通图书

[1] 王光明. 现代汉诗的百年演变［M］. 石家庄：河北人民出版社，2003.

[2] 塔迪埃. 20 世纪的文学批评［M］. 史忠义，译. 天津：百花文艺出版社，1998.

[3] 威廉斯. 乡村与城市［M］. 韩子满，刘戈，徐珊珊，译. 北京：商务印书馆，2013.

[4] 巴什拉. 空间的诗学［M］. 张逸婧，译. 上海：上海译文出版社，2013.

[5] 布朗肖. 文学空间［M］. 顾嘉琛，译. 北京：商务印书馆，2003.

[6] 谢纳. 空间生产与文化表征：空间转向视阈中的文学研究［M］. 北京：中国人民大学出版社，2010.

[7] 邓伟龙. 中国古代诗学的空间问题研究［M］. 北京：中国社会科学出版社，2012.

[8] 戴伟华. 地域文化与唐代诗歌［M］. 北京：中华书局，2005.

[9] 杨义. 文学地理学会通［M］. 北京：中国社会科学出版社，2013.

[10] 葛兆光. 中国思想史：第一卷［M］. 2 版. 上海：复旦大学出版社，2013.

[11] 尸佼. 尸子译注［M］. 汪继培辑，朱海雷撰. 上海：上海古籍出版社，2006.

[12] 周易［M］. 杨天才，张善文，译注. 北京：中华书局，2011.

［13］黄永武. 中国诗学：设计篇［M］. 台北：巨流图书公司，1976.

［14］胡经之. 文艺美学［M］. 北京：北京大学出版社，1989.

［15］钱锺书. 管锥编［M］. 北京：生活·读书·新知三联书店，2001.

［16］皎然. 诗式校注［M］. 李壮鹰，校注. 北京：人民文学出版社，2003.

［17］郭熙. 林泉高致［M］. 周远斌，点校纂注. 济南：山东画报出版社，2010.

［18］李来源，林木. 中国古代画论发展史实［M］. 上海：上海人民美术出版社，1997.

［19］宗白华. 美学散步［M］. 上海：上海人民出版社，1981：96.

［20］吴宁. 日常生活批判：列斐伏尔哲学思想研究［M］. 北京：人民出版社，2007.

［21］尚杰. 法国当代哲学论纲［M］. 上海：同济大学出版社，2008.

［22］希尔顿. 消失的地平线［M］. 张华君，译. 拉萨：西藏人民出版社，2010.

［23］索亚. 第三空间：去往洛杉矶和其他真实和想象地方的旅程［M］. 陆扬，等译. 上海：上海教育出版社，2005.

［24］吴冶平. 空间理论与文学的再现［M］. 兰州：甘肃人民出版社，2008.

［25］恩格斯. 反杜林论［M］. 北京：人民出版社，1970.

［26］梯利. 西方哲学史［M］. 贾辰阳，等译. 北京：光明日报出版社，2014.

［27］刘勰. 文心雕龙注［M］. 范文澜，注. 北京：人民文学出版社，1958.

［28］弘法大师. 文镜秘府论校注［M］. 王利器，校注. 北京：中国社会科学出版社，1983.

［29］金圣叹选批唐诗［M］. 金圣叹，评. 杭州：浙江古籍出版社，1985.

［30］宗白华. 美学散步［M］. 上海：上海人民出版社，1981.

［31］严云受. 诗词意象的魅力［M］. 合肥：安徽教育出版社，2003.

［32］王国维. 人间词话［M］. 上海：上海古籍出版社，1998.

［33］严羽. 沧浪诗话校释［M］. 郭绍虞，校释. 北京：人民文学出版社，1983：34.

［34］洪子诚，刘登翰. 中国当代新诗史［M］. 北京：北京大学出版社，2005.

［35］冯至. 西郊集［M］. 北京：作家出版社，1958.

［36］冯至. 冯至诗文选集［M］. 北京：人民文学出版社，1955.

［37］陈培浩，阮援朝. 阮章竞评传［M］. 桂林：漓江出版社，2013.

［38］高波. 现代诗人和现代诗［M］. 昆明：云南人民出版社，2005.

[39] 奚密. 现代汉诗：1917 年以来的理论与实践 [M]. 奚密, 宋炳辉, 译. 上海：上海三联书店, 2008.

[40] 洪子诚. 在北大课堂读诗 [M]. 武汉：长江文艺出版社, 2002.

[41] 陈晓明. 中国当代文学主潮 [M]. 北京：北京大学出版社, 2009：556.

[42] 卢克斯. 个人主义 [M]. 阎克文, 译. 南京：江苏人民出版社, 2001.

[43] 钱理群, 温儒敏, 吴福辉, 等. 中国现代文学三十年 [M]. 北京：北京大学出版社, 1998.

[44] 洪灵菲. 洪灵菲选集 [M]. 北京：人民文学出版社, 1982.

[45] 布迪厄. 艺术的法则：文学场的生成和结构 [M]. 刘晖, 译. 北京：中央编译出版社, 2001.

[46] 赵一凡. 西方文论关键词 [M]. 北京：外语教学与研究出版社, 2006.

[47] 克朗. 文化地理学：修订版 [M]. 杨淑华, 宋慧敏, 译. 南京：南京大学出版社, 2005.

[48] 巴尔扎克. 欧也妮·葛朗台　高老头 [M]. 王振孙, 译. 上海：上海译文出版社, 2003.

[49] 巴尔扎克. 纽沁根银行 [M]. 上海：上海译文出版社, 2003.

[50] 巴尔扎克. 贝姨 [M]. 许钧, 译. 上海：上海译文出版社, 2002.

[51] 劳伦斯. 查特莱夫人的情人 [M]. 赵苏苏, 译. 北京：人民文学出版社, 2004.

[52] 乔伊斯. 都柏林人　一个青年艺术家的肖像 [M]. 徐晓雯, 译. 南京：译林出版社, 2003.

[53] 杨仁敬, 等. 美国后现代派小说论 [M]. 青岛：青岛出版社, 2004.

[54] 耿林莽. 草鞋抒情 [M]. 成都：四川人民出版社, 2002.

[55] 王光明. 散文诗的世界 [M]. 武汉：长江文艺出版社, 1987.

[56] 灵焚. 灵焚的散文诗 [M]. 广州：花城出版社, 2008.

[57] 王云鹏. 大诗歌：中国诗人俱乐部作品选 [M]. 北京：中国青年出版社, 2010：1.

[58] 林染. 林染抒情诗选 [M]. 西宁：青海人民出版社, 1988.

[59] 昌耀. 命运之书：昌耀四十年诗作精品 [M]. 西宁：青海人民出版社, 1994.

[60] 李震. 中国当代西部诗潮论 [M]. 西宁：青海人民出版社, 1993.

[61] 程光炜. 中国当代诗歌史 [M]. 北京：中国人民大学出版社, 2003.

[62] 颜之推. 颜氏家训 [M]. 檀作文, 译注. 北京：中华书局, 2007.

[63] 郑子勉. 明词话全编 [M]. 南京：凤凰出版社, 2012.

[64] 方舟. 在路上：东莞青年诗人诗选 [M]. 北京：大众文艺出版社, 2009.

[65] 黄礼孩. 出生地：广东本土青年诗选 [M]. 广州：花城出版社, 2006.

[66] 余丛. 黄金在天上舞蹈：中山先锋诗十四家 [M]. 广州：花城出版社, 2009.

[67] 黄礼孩. 异乡人：广东外省青年诗选 [M]. 广州：花城出版社, 2007.

[68] 朱寿桐. 情绪：创造社的诗学宇宙 [M]. 上海：上海文艺出版社, 1991.

[69] 叶维廉. 中国诗学 [M]. 北京：生活·读书·新知三联书店, 1992.

[70] 龙泉明. 中国新诗流变论 [M]. 北京：人民文学出版社, 1999.

[71] 胡经之, 王岳川. 文艺学美学方法论 [M]. 北京：北京大学出版社, 1994.

[72] 陈剑晖, 宋剑华. 20世纪中国文学批评史 [M]. 海口：海南出版社, 2003.

[73] 唐魁玉. 网络化的后果：日常生活与生产实践的变迁 [M]. 北京：社会科学文献出版社, 2011.

[74] 东方尔. 你在网上吗？：蒙面狂欢的网络虚拟世界 [M]. 北京：中国青年出版社, 2012.

二、学位论文

[1] 纪秋娟. 时尚题材水墨人物画的唯美表现 [D]. 武汉：中南民族大学, 2013.

[2] 肖舒. 论杜诗中的地方感 [D]. 南昌：江西师范大学, 2012.

[3] 李奇. 古典诗词意境分类方法的研究与实现 [D]. 上海：东华大学, 2014.

[4] 徐怀弘. 阳下地区空间要素的文化影响研究 [D]. 武汉：华中师范大学, 2012.

三、专著中析出的文献

[1] 巴赫金. 小说的时间形式和时空体形式：历史诗学概述 [M] // 巴赫金全集：第三卷. 白春仁, 晓河, 译. 石家庄：河北人民出版社, 1998.

[2] 宗白华. 中国诗画中所表现的空间意识 [M] // 宗白华. 艺境. 北京：北京大学出版社, 1986.

[3] 中国作家协会. 关于发展少年儿童文学的指示［M］//锡金，郭大森，崔乙. 儿童文学论文选 1949—1979. 北京：中国少年儿童出版社，1981.

[4] 阮章竞.《牛仔王》重写后记［M］//阮章竞. 金色的海螺. 石家庄：花山文艺出版社，1998.

[5] 陈伯吹. 谈儿童文学创作上的几个问题［M］//锡金，郭大森，崔乙. 儿童文学论文选 1949—1979. 北京：中国少年儿童出版社，1981.

[6] 西苏. 美杜莎的笑声［M］//张京媛. 当代女性主义文学批评. 北京：北京大学出版社，1992.

[7] 麦克昂（郭沫若）. 文学革命之回顾［M］//饶鸿竞，陈颂声，李伟江. 创造社资料. 福州：福建人民出版社，1985.

[8] 李欧梵. 现代中国文学中的浪漫个人主义［M］//中国现代文学与现代性十讲. 上海：复旦大学出版社，2002.

[9] 郭沫若. 郭沫若致宗白华函［M］//郭沫若全集·文学编：第十五卷. 北京：人民文学出版社，1990.

[10] 夏志清. 现代中国文学感时忧国的精神［M］//中国现代小说. 上海：复旦大学出版社，2005.

[11] 茅盾. 导言［M］//中国新文学大系·小说一集. 上海：上海文艺出版社，2001.

[12] 冯乃超. 我的文艺生活［M］//冯乃超文集：上册. 广州：中山大学出版社，1986.

[13] 李魁庆. 我所知道的我们社［M］//杜运通，杜兴梅，黄景忠. 我们社作家精品选读及研究. 广州：花城出版社，2007.

[14] 杨克. 他们书写的是断代史的中国梦［M］//方舟. 在路上：东莞青年诗人诗选. 北京：大众文艺出版社，2009.

[15] 吴波. 紫荆花［M］//陈计会. 阳江青年诗选. 北京：中国戏剧出版社，2006.

[16] 温远辉. 直击生存与自由超越［M］//方舟·承担之镜：东莞青年诗人散论. 北京：大众文艺出版社，2010.

[17] 于坚. 穿越汉语的诗歌之光［M］//杨克. 1998 中国新诗年鉴. 广州：花城出版社，1999.

[18] 黄礼孩. 诗歌是出生地给我们的恩赐［M］//黄礼孩. 出生地：广东本土青年诗选. 广州：花城出版社，2006.

[19] 柳宗宣. 面对诗歌本身［M］//方舟. 在路上：东莞青年诗人诗选. 北京：大众文艺出版社，2009.

[20] 李训喜. 打工之旅的体验与升华：谈柳冬妩的打工诗［M］//方舟. 承担之镜：东莞青年诗人散论. 北京：大众文艺出版社，2010.

[21] 世宾. "完整性写作"的唯一目的和八个原则［M］//世宾，陈培浩. 完整性写作：下卷. 西宁：青海人民出版社，2011.

[22] 陈培浩. 完整性写作：为梦想招魂［M］//世宾，陈培浩. 完整性写作：下卷. 西宁：青海人民出版社，2011.

[23] 耿占春. 向世界说出自己内心的喜悦、忧伤和愤怒［M］//世宾，陈培浩. 完整性写作：下卷. 西宁：青海人民出版社，2011.

[24] 普实克. 中国现代文学中的主观主义和个人主义［M］//普实克. 普实克中国现代文学论文集. 李燕乔，等译. 长沙：湖南文艺出版社，1987.

[25] 郁达夫. 导言［M］//中国新文学大系·散文二集. 影印版. 上海：上海文艺出版社，2001.

[26] 郭沫若. 黄河与扬子江对话［M］//郭沫若著作编辑出版委员会. 郭沫若全集（文学编）：第一卷. 北京：人民文学出版社，1982.

[27] 郭沫若. 前进曲［M］//郭沫若著作编辑出版委员会. 郭沫若全集（文学编）：第一卷. 北京：人民文学出版社，1982.

[28] 郭沫若. 恢复［M］//郭沫若著作编辑出版委员会. 郭沫若全集（文学编）：第一卷. 北京：人民文学出版社，1982.

[29] 闻一多. 唐诗杂论·宫体诗的自赎［M］//李泽厚. 美学三书. 合肥：安徽文艺出版社，1999.

四、期刊文献

[1] 周尚意. 文化地理学研究方法及学科影响［J］. 中国科学院院刊，2011（4）.

[2] 刘进. "空间转向"与文学研究的新观念［J］. 兰州大学学报（社会科学版），2007（3）.

[3] 陈文忠. 20年文学接受史研究回顾与思考 [J]. 安徽师范大学学报（人文社会科学版），2003（5）.

[4] 周星. 意象的审美意蕴和情感空间在古典诗词中的呈现 [J]. 通化师范学院学报，2006（5）.

[5] 屈光. 中国古典诗歌的意象论 [J]. 中国社会科学，2002（3）.

[6] 袁行霈. 中国古典诗歌的意象 [J]. 文学遗产，1983（4）.

[7] 唐明生. 中国古诗中的含蓄美 [J]. 襄樊学院学报，2004（3）.

[8] 比格尔. 文学体制与现代化 [J]. 周宪，译. 国外社会科学，1998（4）.

[9] 李季. 热爱生活，大胆创造 [J]. 文艺学习，1956（3）.

[10] 阮章竞. 阮章竞与友人论诗的信 [J]. 长江学术，2007（2）.

[11] 卞之琳. 对于新诗发展问题的几点看法 [J]. 处女地，1958（7）.

[12] 郭小川. 我们需要最强音 [J]. 文艺报，1958（9）.

[13] 荃麟. 门外谈诗 [J]. 诗刊，1958（4）.

[14] 徐迟. 南水泉诗会发言 [J]. 蜜蜂，1958（7）.

[15] 郭小川. 诗歌向何处去？[J]. 处女地，1958（7）.

[16] 阮章竞. 群众对诗人的要求是什么？[J]. 诗刊，1958（8）.

[17] 孙绍振. 阮章竞的艺术道路 [J]. 福建师范大学学报（哲学社会科学版），1979（4）.

[18] 阮章竞. 与青年朋友讨论儿童文学 [J]. 文艺报，1986（18）.

[19] 王丹丹. 论中国新诗发展中的个人主义思潮（1917—1949）[J]. 中国矿业大学学报（社会科学版），2004（6）.

[20] 郑敏. 世纪末的回顾：汉语语言变革与中国新诗创作 [J]. 文学评论，1993（3）.

[21] 郭沫若. 编辑余谈 [J]. 创造，1922，1（2）.

[22] 周全平. 只有两次了 [J]. 洪水，1926，2（22）.

[23] 玫友. 我也来谈几句闲话 [J]. 洪水，1927，1（7）.

[24] 王独清. 再谭诗 [J]. 创造月刊，1926，1（1）.

[25] 杜运通，杜兴梅. 我们社：一个独立而富有特色的文学社团 [J]. 新文学史料，2007（1）.

［26］叶祝弟. 新世纪文学生产机制批判：关于"作家学院化生存"的思考［J］. 社会科学，2012（10）.

［27］谢春平. 西方空间批评理论探究［J］. 内蒙古社会科学（汉文版），2012（4）.

［28］陆扬. 空间理论和文学空间［J］. 外国文学研究，2004（4）.

［29］刘遥. 奥维德《变形记》的空间性［J］. 世界文学评论，2009（1）.

［30］石厉. 再谈文学的虚构与非虚构［J］. 芒种，2012（7）.

［31］叶涯剑. 空间社会学的缘起及发展：社会研究的一种新视角［J］. 河南社会科学，2005（5）.

［32］吴庆军. 空间批评下的乔伊斯小说解读［J］. 盐城师范学院学报（人文社会科学版），2008（1）.

［33］周作人. 日本的小诗［J］. 诗，1922（1）.

［34］李洁非. 城市文学之崛起：社会和文学背景［J］. 当代作家评论，1998（3）.

［35］林染. 西部诗论：从高昌壁的黄昏开始［J］. 当代文艺思潮，1985（4）.

［36］杨经建. 神秘主义文化与神秘主义文学：伊斯兰文化与中国当代西部文学论之一［J］. 天津社会科学，2002（3）.

［37］谢冕. 崭新的地平线［J］. 中国西部文学，1986（1）.

［38］倪秀维. "地域诗歌"的诉求与守望［J］. 凉山文学，2009（2）.

［39］田承顺. 追求更深广更多维的社会意义：论创造社前期文艺思想的基本特征［J］. 吕梁高等专科学校学报，2000（3）.

［40］范玉刚. 文学中自我求证模式的文化阐释［J］. 渭南师范学院学报，1998（4）.

［41］茅盾. 关于"创作"［J］. 北斗（创刊号），1931，1（1）.

［42］中夏. 新诗人的棒喝［J］. 中国青年，1923（7）.

［43］蒲风. 五四到现在的中国诗坛鸟瞰［J］. 诗歌季刊，1934—1935，1（1-2）.

［44］冯乃超. 诗人们：送给时代的诗人［J］. 文化，1928（5）.

［45］陈文忠. 20年文学接受史研究回顾与思考［J］. 安徽师范大学学报（人文社会科学版），2003（5）.

［46］曹亚明. 世纪回眸与"古典"回归：评《20世纪中国文学批评史》［J］. 湖南文理学院学报（社会科学版），2004（6）.

五、报纸文献

［1］何映宇. 于坚：海子只是一般的诗人，老谈论他是幼稚表现［N］. 新民周刊，2009 – 05 – 27.

［2］周扬. 郭沫若和他的《女神》［N］. 解放日报，1941 – 11 – 16.

［3］饶孟侃. 感伤主义与创造社［N］. 晨报副刊·诗镌，1926 – 06 – 10.

六、电子资源

［1］蔡秀枝. 城市文本与空间阅读［EB/OL］.（2007 – 10 – 13）. http://www.ruanyifeng.com/calvino/2007/10/cities_as_text.html.

［2］中国诗歌网［EB/OL］. http://zgshige.net/c/2017 – 09 – 05/4213030.shtml.

［3］董辑. 有关"地域诗歌"的问答［EB/OL］.（2012 – 04 – 16）. http://blog.sina.com.cn/s/blog_486445220102e10t.html.

后　记

　　岁末年终，终于完成了《文体与空间诗学研究》的书稿。本课题启动之日，尚在繁花似锦的三月花城；付梓之际，却已是洛杉矶寒意渐浓之时。空间的位移，让人更深味时间的流逝，也引发我对时空交替更多的思考。这期间俗事繁杂，有时难免心生感慨。做研究不是一件容易的事，做中国诗学研究，更是一个需要智慧、毅力、机缘等诸多要素的事情。

　　先说智慧。中国古典诗学的研究，从古至今，可以说是汗牛充栋、美不胜收；中国现当代诗学的研究，同样是群星璀璨，各领风骚。谢冕、洪子诚、孙玉石、陆耀东、龙泉明、吴思敬、程光炜、王光明等先生，各有其法、思理超群，其研究难以超越。要想在现当代诗学研究的苑囿中独辟蹊径、别开生面，其难度可想而知。因此，本书以20世纪70年代以来"空间转型"为契机，以"空间理论"为视角，观照中国诗学，仅仅是一个不成熟的理论尝试，是一次勉为其难的学术探险。

　　再说毅力。自2007年博士毕业以来，家庭、工作牵扯了太多的时间和精力，安逸的生活消磨了人的斗志，以至于十年来碌碌无为，既没有多少像样的论文，也没有几本拿得出手的专著。"空间理论"作为一种新的理论范式，已经在城市社会学、文化地理学、文化研究、艺术研究等诸多领域中取得了不俗的成果，也为文学研究提供了新的思路。面对驳杂的理论资源，如何以"空间"为切入点，审视当代诗学对古典诗学的继承和突破；从"空间"的角度考察海内外当代诗学的发展及其传播形态，仍然需要更细致的辨析和更耐心的耕耘。

最后说机缘。陈剑晖老师是我硕士期间的授业恩师，从 2001 年进入陈老师门下读书至今，无论是博士阶段还是工作阶段，他都没有放松对我的培养和指导。陈老师是散文理论大家，他的"诗性散文"研究视野开阔、文采飞扬，提升了中国现当代散文的研究格局，对我影响颇深，予我诸多启发。他不仅自身治学谨严、勤奋刻苦，对于学生的学术研究也关怀备至、督促甚多。近年来我先后参与了他的"岭南现当代散文史""九十年代中国散文现象"等课题研究，这些经历既是对于自身的学术提升，也为我的诗学研究提供了科研积累。所以，我才有信心、有机遇参与这套"文体与跨文体丛书"的写作计划。

小书即将付梓，还要感谢韩山师范学院中文系的陈培浩博士，他的部分学术成果作为重要内容，丰富了书稿的当代诗学研究；感谢贵州大学文学与传媒学院现当代文学专业的硕士生韩莹同学，她为本书进行了资料整理、文字编校的工作；感谢华南理工大学公共管理学院研究生区婉仪同学，她为本书进行了注释和文字校对的工作；更要衷心感谢广东高等教育出版社的领导黄红丽、钟凌翊和责任编辑黄冬萍老师、陈海娃老师，她们细致耐心，为本书的出版做出了巨大的贡献。

洛杉矶·南帕
2018 年 12 月